Yashiro & Shiba
「幾千の夜を超えて君と」

幾千の夜を超えて君と

中原一也

キャラ文庫

この作品はフィクションです。
実在の人物・団体・事件などにはいっさい関係ありません。

目次

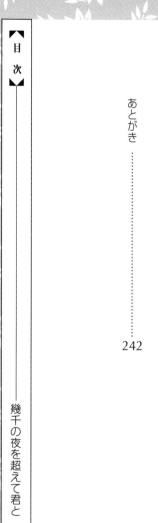

口絵・本文イラスト／麻々原絵里依

死ぬために生きているような人を、好きになったかもしれない——。

夜が霧雨に包まれていた。梅雨の終わりにしては、随分とおとなしい降り方だ。雨の紗幕《しゃまく》に、闇の深さがほんの少し和らいでいる。ワイパーのゴムが不安を煽《あお》るようにキュ、キュ、とフロントガラスの上を滑っていた。

平気だ。闇なんか怖くない。何も潜んでいない。ただの暗がりだ。通り抜けられる。

何度も自分に言い聞かせ、アクセルを踏む。心臓はトクトクと切迫した動きで血液を送り出していた。そうしなければ流れがとまってしまう、というように。

まだ大丈夫。耐えられる。何度言い聞かせただろうか。

そんな呪文のような言葉に反して、沼の底に向かっているような感覚があった。足に重りをつけられたようだ。粘着質の不安は矢代《やしろ》の躰《からだ》にまとわりつき、心まで侵食しようとしている。

その時、黒い影が飛び出してきた。

「——っ！」

ドン、という衝撃。タイヤの悲鳴。

猪《いのしし》でも突っ込んできたのかと思った。だが違う。ヘッドライトに浮かび上がる影は、明らかに人間のそれだった。

嘘《うそ》だろ。

息が上手《うま》く吐けなくなった。

人を轢《ひ》いたのか。

その事実に足が震え、手はハンドルを強く握ったまま動かなくなった。心を落ち着けようとするが、拍動は治まるどころか、ドンドンと肋骨《ろっこつ》を叩《たた》かれているかのように自分の中から響いてくる。

ワイパーは我関せずといった様子で、先ほどと同じ音を立てていた。

とにかく救助しなければ――。

矢代はシートベルトを外して車外へ出た。霧雨は血の気が引いた顔から、さらに体温を奪おうとしている。

辺りは真っ暗で、森の中から不気味な声が聞こえてきた。鳥だろう。地獄から湧いてくる叫び声のようだ。ヘッドライトに照らされたアスファルトが黒々と濡《ぬ》れていて、それが雨なのか血なのか、見分けがつかない。

「大丈夫ですかっ！」

ようやく声が出て、矢代はもつれる足で倒れた男に駆け寄った。跪《つまず》き、脈を診る。確認できた時は安堵《あんど》した。思いのほかはっきりしている。けれども、地面に触れた自分の手を見てギョッとした。赤。

手のひら全体が染まっている。

「い、今救急車を呼びます！」

スマートフォンを取り出し、震える指で操作した。一一九、一一九、と繰り返さなければ番号を間違えそうだ。怪我人《けがにん》を助けてくれる誰かと結んでくれる数十グラムのそれに、縋《すが》りついている。

しかし、電話が繋《つな》がる直前、血塗《ちまみ》れの手に手首を摑《つか》まれた。力強くて、喰《く》い込んでくる指が痛い。顔をしかめた。思わず「痛《つ》うっ」と声が出る。

「大、丈夫……だ。救急車なんか……呼ばなくて、いい」

「でも……っ」

「いいんだ。あんたのせいじゃない」

森に囲まれ、霧雨に包まれたこの場所みたいな声だった。どこか悲しげに聞こえるのは、なぜだろう。孤独で、静かで、それでいて何か強く訴えてくるものがある。

むくりと起き上がった男を見て、矢代は息を吞《の》んだ。穴という穴から血が流れている。切れた額からも流血していた。

「くそ、痛ぇな」

そりゃそうだろう、と喉まで出かかったが、言葉にならない。

男は激しく躰を動かしたあとのように、手の甲で滴る血を拭った。そこにスポーツを楽しんだ爽やかさはない。どちらかというと、セックスを終えてベッドにいる淫靡《いんび》さに近かった。

「悪かった。出来心で飛び込んだだけだ」

「出来心って……」

心臓が大きく跳ねた。

死のうとしていたのか。

男は体格がよく、定期的な運動か躰を使う仕事をしていそうだ。髪は多そうで濡れていてもトップにボリュームがある。襟足を短く刈り込んでいて、目鼻立ちのはっきりした顔に似合っていた。キリリとした顔立ちには、切り立った崖のような荒々しさと繊細さが混在しており、近寄りがたく、孤高でもあった。

自殺するようなタイプには見えない。ただし、快活という言葉もしっくりこない。先ほどから香る危険な匂いは、踏み込んではいけない禁忌を感じさせた。瞳の奥に澱《よど》む仄暗《ほのぐら》さのせいかもしれない。

何を見てきたのか。どう生きてきたのか。何を背負っているのか。

今初めて言葉を交わした相手とは思えないほど、興味を掻《か》き立てられる。同時に、深く関わっていい相手ではない気もした。

「そんな顔するな。生きてるよ」

「病院に行きましょう。治療しないと」

「病院は嫌いなんだ。ほら、ちゃんと立てるだろう」

グンと上がった目線は矢代の心を捉えて放さず、釣られて顔を上げる。時がとまったような時間が過ぎ、手を差し出された。「ほら」と言われて催眠術をかけられたように従う。厚みのある手のひらにしっかり握られると、雲の上みたいに足元がふわふわした。ゆっくりと立ち上がる。

目線の位置は逆転しなかった。

「悪い。車に傷がついた。レンタカーか？」

「はい。でも保険に入ってるから平気です」

「そうか。あんた怪我はないか？」

「シートベルトをしてたので大丈夫です」

奇妙な会話だった。気遣われるべきは相手のほうなのに。

異様な状況だとわかっているが、それを認めたくなくて普通という流れに乗っている。

「ひとまず救急車を呼ぶのはやめますけど、このままってわけにはいかないでしょう。せめてうちで手当てさせてもらえませんか？」

ここで別れたあと行き倒れたりしないか心配で、そんな提案をしていた。いいのか、と自問する心の声が聞こえたが、責任感で塗りつぶす。

「そっちのほうが助かる」

「じゃあ、乗ってください」

男はすんなりと従った。すれ違いざまに微《かす》かに香る血の匂いに、男が犯罪者の可能性が脳裏をよぎる。だから救急車を呼ばれたら困るのかもしれない。指名手配中の逃亡犯なら、辻褄《つじつま》が合う。

急に怖くなり、今言った言葉を回収したくなった。

運転席に乗り込むと、エアコンを入れる。霧雨だが、二人とも随分濡れていた。

「頭痛とか吐き気はないですか？」

「ああ」

「どこが痛みます？」

「大丈夫だって」

「ここまで歩いてきたんですか？」

「まぁな」

最後に民家を見たのは、どのくらい前だろうか。道路の両側は深い森で、対向車もない。よく考えると、こんなところにいるなんておかしい。しかも、彼は道路を歩いていたのではなく、森から飛び出してきたのだ。身を隠していたと考えるのが妥当で、ますます男が逃亡中の犯罪者に思えて、顔を見ることもできなくなった。

「あんたこそ夜中に山道を車で通るなんて、急ぎの用でもあったんじゃないか？」

「いえ、ちょうど家に帰ろうと思っていたところです」

車をUターンさせてアクセルを踏む。自分の行動が言葉と一致しないことに気づいて、焦った。咄嗟《とっさ》の嘘はすぐに破綻する。

男が自分を見ているのが視界の隅に映っていた。

「道を間違えて」

男はそれ以上踏み込んでこなかった。聞かないでいてくれたことに安堵し、助手席を一瞥《いちべつ》する。心臓が跳ねた。先ほどは気づかなかったが、こめかみの辺りが陥没している。平気でいるなんて、あり得ない。

俺はいったい何を乗せてるんだ。

犯罪者よりももっと恐ろしいもの。幽霊の類《たぐ》いは信じていないが、人間じゃないかもしれない。

「あんた、名前は?」

「矢代樹《いつき》といいます」

「矢代樹か。俺は彰正《あきまさ》。司波《しば》、彰正」

歳《とし》を聞かれ、二十七と答える。聞き返すと、一瞬の間を置いて「同じだ」と返ってきた。そんなふうには見えない。老けているという意味ではなく、纏《まと》う空気がとても同い年には思えなかった。年齢にしては随分達観した表情だ。

けれども本当ですかとも聞けず、矢代は自称二十七歳の男を乗せて山道を下りていった。

緩いカーブに差しかかるたびに、躰が運転席のほうへ持っていかれる。

司波は助手席のヘッドレストに頭を預け、目を閉じていた。エアコンから出てくる空気は新鮮とも無臭ともつかない、人工的な清潔感のある匂いがする。

燃えるように躰が熱かった。

怪我が急速に治っている証拠だ。はじめは躰が発火するのかと思ったが、今は慣れた。全身が炎に包まれる感覚も、細胞が次々と分裂していく感覚も、すっかり自分の一部となっている。

司波は運転席を一瞥した。稀《まれ》に見る優男《やさおとこ》が前を凝視している。

身長は司波よりも少し低いくらいだから、百七十五はあるだろう。整った顔立ちは華やかではないが、上品な作りをしている。霧雨みたいな印象の男だった。

優しく触れてくる雨は降っていると気づかないほど控え目だが、長い間晒《さら》されていると心にまで染み込んでくる。どんな深い闇も包んでしまう。

男性が持つギラギラした欲望を感じさせないのも、矢代の品のいい印象に繋がっているのだろう。その言動からも、誠実な人間なのだろうとわかる。

だからこそ、車に乗ったことを反省した。悪いことをした。

迷惑をかけるつもりはなかったが、時折反射的に死を求めてしまうことがある。成功したためしはない。だから、今もこうして生きている。

似ていると思った。

遥《はる》か遠い記憶の中にいる人に、どことなく似ている。飛び込んだ車を運転していたのが彼だったのは、たまたまだろうか。

「どうかしました?」

「いや、なんでもない」

矢代が緊張しているのが伝わってきた。せめて手当てをさせて欲しいという言葉に甘えてしまったが、やめておくべきだった。

今までなら、こんな状況に陥ったらすぐに逃げたのに。特殊な肉体を調べようとする者は、どこに潜んでいるかわからない。

彼《あ》の人の面影を矢代に見て、乗ってしまったのだろうか。

面倒なことにならなければいいがと思いながらも、抗《あらが》えなかった。映画の撮影みたいにこのシーンをやり直しても、また同じことをするだろう。そんな確信があった。

霧雨は吸いつくようにフロントガラスを濡らしていた。

マンションに到着した矢代は、辺りに住人がいないのを確認して車から降りた。服は誰の目にも血だとわかる色に染まっている。

エントランスの明るい光の下で見ると、陥没していたこめかみの辺りには、傷が見当たらなかった。暗い車内だったうえに逃亡犯の可能性なんて考えたせいで、そう見えたのだろう。怖がりすぎだと自分を嗤《わら》い、一階の自分の部屋に案内する。

ベッドと座卓の間に座ってもらい、ざっと傷を看《み》た。

「平気だよ。車とぶつかっただけだ」

「駄目ですよ。いいから服を脱いでください。息はしづらくないですか？」

「大丈夫だ。ちゃんと吸えるし吐ける」

「呼吸する時に痛みは？」

「ない」

「だったら肋骨は折れてないと思いますけど、他に痛いところはないですか？」

「あんた医者か？」

「いえ。違い、ますけど」

「じゃあ見てもわかんねぇだろ。大丈夫だ」

頑《かたく》なに平気だと言い張られ、刺青《いれずみ》でも入れているのかと思った。躰を見せたくない理由が、物騒なものしか浮かばない。

「それよりシャワー借りていいか？　血を流したい」

「そうですね。傷口は洗ったほうがいいと思いますし、そのドアです」

待っている間、矢代は着替えがないか漁《あさ》った。一度も袖を通していないシャツと、フリーサイズの短パン。下着はちょうど買ったばかりのものがあったので、それを出す。息をつき、部屋から見えるバスルームのドアを眺めた。

外の雨よりずっと強い水音が聞こえてくる。

部屋に入れていい相手か測りかねていたのに、成り行きに任せてしまった。そうすれば自然と悪いことが通りすぎてくれるわけでもないのに。

紅茶でも淹《い》れようと、ケトルをコンロにかけてから着替えを持っていく。

「あの、サイズ合えばいいんですけど」

バスルームのドアを開けると、脱衣所に司波がいた。

「あ、すみません。てっきりまだ中にいると思って」

身の危険を感じたのは、道路で血を拭った時の司波にベッドでの行為を連想させられたからだろうか。ドアを開けたのは自分なのに、恥ずかしくて顔が熱くなる。すみません、と小さく言ったあと出ていこうとして、息を呑んだ。

視線で舐《な》め回すようにくまなく見てしまうのは、司波の躰には擦り傷一つなかったからだ。

青痣《あおあざ》すら見当たらない。こんなことがあるだろうか。

「あ、あの……怪我……は……？　治っ……たんですか……？」

間の抜けた台詞《せりふ》だと思いながらも、他に言葉が出なかった。治っているのは見ればわかる。

ありえないのに、あり得ないことが目の前で起きている。

脳みその処理能力が追いつかない。

「まさか覗《のぞ》かれるとはな」

「あっ、えっと……」

裸を見たかったわけじゃないのに、揶揄《やゆ》されてさらに顔が熱くなった。すみません、ともう一度言い、また見てしまった。やはり傷一つない。何がどうなってるんだ。確かに血を流していた。怪我は？　本当に自分は車で人を轢いたのか？　それすらわからなくなる。

ケトルがピィイイィー……ッ、と静寂を貫いた。

はい、時間切れ。

思考を中断させられ、慌てて火をとめる。司波に背中を見せたことを後悔したが、振り返ると困ったような顔をしながらタオルで頭を拭いていた。

「怪我は治ったんだよ」

治ったのはわかる。わかるが、なぜ治ったのかがわからない。

「驚かせて悪かったな。このとおりピンピンしてるから、心配しなくていい」

ピンピンしすぎで心配と言ったら、笑われるだろうか。

着替えいいか、と言われ、慌ててそれらを渡して紅茶を淹れる。少なくとも危害を加えるつもりはないようだ。落ち着いて、話をして、事情を聞けばこの状況に納得できるかもしれない。

「どうぞ」

座卓に向かい合って座ると、司波をチラリと見た。何から聞けばいいのかわからず、ひたすら紅茶に息を吹きかける。

「雨、やみませんね」

「ああ、梅雨だからな」

「最後に七月七日に晴れたのっていつでしたっけ?」

「そうか、今日は七夕か」

「酒涙雨っていうんでしょう? 織《お》り姫《ひめ》と彦星《ひこぼし》が会えなくて泣いてるって、子供の頃に聞きました」

「逢瀬のあとの惜別の涙って聞いたぞ」

「へぇ、じゃぁ、もう逢ったあとってことですか?」

「そうなるな」

「俺、天の川って見たことないんですよね」

「綺麗だぞ」

「見たことあるんですか？　すごいですね」

「俺は死なないんだ」

爆弾を投げ込まれた気分だった。この流れで言うかと、マグカップを運ぶ手がとまる。

「というか、死ねない」

「死ねない？」

「ああ」

「死ねないって、どういうことですか？」

「そのまんまの意味だ」

以前、海外ドラマで見たことがあった。いろいろな能力を持った人間が集まって世界を救う話だ。特殊能力は一人一つずつしかなく、それぞれの力を利用して巨大な悪に立ち向かう。

その中に、死なない少年がいた。

高いところから飛び降りても、電車に飛び込んでも、平気な顔で戻ってくる。斬りつけられて血が出ても、もとどおりになるのだ。

「能力者みたいなものですか？」

「能力者？　なんだそれ」

笑われ、子供じみた発言だったと恥ずかしくなる。けれども目の前に突きつけられたのは、ドラマや漫画でしか遭遇しない特殊なことだ。

「宇宙から来たとか……？」

「違う。不老不死の薬を飲んだ。それを飲んで以来死ねない。歳も取らない」

不老不死の薬。永遠の命は昔からよく語られるテーマだ。そんな夢のような薬が完成していたというのか。

「どんな薬なんです？」

「どんな薬って……」

「何か実験にでも参加したんですか？　それで途中で逃げてきたとか？　ってことは、他にも薬を飲んで不老不死になった人が……」

納得する説明が欲しいあまり踏み込んでしまい「すみません」と口を噤《つぐ》んだ。気分を害したかと思ったが、司波は意外にも穏やかな口調で言う。

「実験じゃない。貴重な薬を俺がたまたま口にした。だから不老不死になったのも俺だけだ」

「そう、ですか」

「悪かった。出来心で飛び込んだ。死ねないとわかっていながら、時々無性に死を求めてしまう時がある。だからあんたが責任を感じる必要はない」

永遠の命を手にしたからと言って、幸せになれるとは限らないのだろう。むしろ終わりのない人生に心はすり減る。

「俺は死に方を探してるんだ」

「生きていたらいいことがあるかもしれませんよ」

「あいつは死んだ。生きている意味がない」

ああ……、と自分の言葉がいかに司波にとって無味乾燥なものか思い知り、軽々しく「いいことが」なんて言ったのが恥ずかしかった。

瞳の奥に澱む仄暗い色は、愛する者を亡くした哀しみだったのか。

簡単には乗り越えられないだろう。新たに好きな人を、なんてのも無神経だ。

「二十七歳ってのは、薬を飲んだ歳だ。生きた時間で計算すると百五十歳くらいだな。途中から数えるのが面倒になったから、大体だが」

「百五十年くらい前っていったら……明治時代？」

気が遠くなるような話だった。

愛する人も家族も知人も死に、自分だけが生き続ける。これまでも。これからも。

死から解放された司波の瞳の色に、すべてが現れていた。人が死から逃れられないのは、幸運なことなのだ。

「悪かった。紅茶旨《うま》かったよ。服、貰《もら》っていいか？」

「え？　あ、はい」

「じゃあな」

空になったマグカップを座卓に置いて立ち上がる司波をじっと見た。

これで、日常に戻れる。人を轢いてしまった事実もなかったことにできる。不老不死の男も存在しているはずがない。うたた寝している間の夢みたいに、今夜のことはすべて消えてなくなるはずだ。

バタン、とドアが閉まる音に躰が跳ねた。玄関を見ると、その姿はない。司波なんて男はいなかったのだ。何もなかった。

自分にそう言い聞かせるが、一度関わってしまった相手を簡単に忘れられるだろうか。記憶は消せない。消しゴムで消すみたいに単純ではない。このまま行かせていいわけがない。

「待ってください！」

玄関を飛び出し、エントランスから外に出ると司波を呼び止めた。霧雨はやんでおらず、また濡れる。

「帰る家はあるんですか？」

「ある」

「どこです？」

司波は困った顔をした。踏み込むのかと、問われている。

「これでも生きてるんだ。普通に生活してるよ」

「仕事とかは？」

今度は呆《あき》れた顔をされた。だが、気になるものは気になる。戸籍もないだろうに、どうやって収入を得ているのだろう。

「あんたには関係ない」

「一緒に探しましょうか？　死に方」

何を言い出すのだろうと自分でも思ったが、放っておけなかった。

死から見放された司波が、このまま永遠の命を生きるところを想像すると、何かしなければと思った。周りの人間は毎日少しずつ老いていくのに、その流れから取り残される。

それは、矢代も似ているからだ。普通に生きられない。流れから転がり出たまま、主流に戻れず自分だけが同じ場所から一歩も動けない。

その気持ちがよくわかる。

「これ以上迷惑はかけられない」

「でも……そんな話を聞いたら、何もしないでいられない」

急に雨足が強くなり、梅雨の終わりらしくなってきた。雨雲の中で雷鳴が唸《うな》る。子供の頃は、中に獣が棲《す》んでいると思っていた。

「だって、聞いてしまったんですよ」

「聞かせて悪かったよ」

「責任取ってください。ちゃんと」

躰の関係でも持ったみたいな言い方に、司波は破顔した。その表情は年相応のもので、笑えるんだと驚き、少しホッとする。

「あんな話聞かされて、すっきり忘れるなんてできないですから」

「関係ないだろ？」

「ないけど」

すぐに続かなかった。確かに関係ない。でも。だけど。

ゴチャゴチャと物をつめ込んだ道具箱の中から必要なものを選ぶように、言葉を探す。

「困ってる人を助けたいって思うのって、人間の根底にある感情じゃないですか？」

「お人好しだな」

いい人ぶるつもりかと言われている気分だ。だが、そんな気はない。ただ、昔から困っている人を見ると放っておけなかった。多分、自分が恵まれているからだ。

両親は健在で理解もある。今は休職中だが、焦らなくていいと言ってくれた。一人暮らしをするには贅沢《ぜいたく》なマンションは親戚の持ち物で、割安で借りている。普通に生活できない矢代を誰も責めない。むしろ心配してくれる。それが苦しい。自分はただぶら下がっているだけの存在だ。宿り木みたいに、他の植物に寄生して生きている。

だから、誰かの役に立ちたいのかもしれない。

「他人のためっていうより、自分のためっていうか。誰かに親切にして『ありがとう』って言われたら嬉《うれ》しいじゃないですか」

「後悔するぞ」

「さっきしました」

また司波が笑った。笑えるなら、笑って生きたほうがいい。

司波がゆっくりと戻ってきて、聞き分けのない子供に言い聞かせるように言った。

「部屋はあるんだよ。本当だ。そこまで心配しなくていい。変なことを言って悪かった」

「そうですか」

ああ、自分はまた役に立たないんだと失望する。躰が沈んでいくようだ。次の言葉が出ずに、濡れたアスファルトに視線を落とす。

硬い表面は雨を弾《はじ》くだけだった。拒絶された雨は地面に染み込むことなく、側溝へと流される。不要なものが行き着くのは、どこだろうか。

「だけど一緒に死に方を探してくれるなら助かる」

「え……」

スマートフォンでもなくしたような軽い言い方に、思わず顔を上げた。

司波が失ったのは、死という誰にでも平等にある終着点だ。誰もがいつかたどり着く場所。目の前の男は、そこに行けずに今も彷徨《さまよ》っている。

「あ……っと、えっと……喜んで」

探し物が『死』だとは思えない返事だった。言い直そうとしたが、笑われてやめる。その代わり、中に誘った。さらに強くなる雨から逃れ、部屋に戻る。

「シャワーもう一度浴びます？　新しいバスタオルを……」

「なぁ」

「はい？」

「さっき家に帰ろうとしてたなんて嘘だな。あんた、なんのためにあそこを通ったんだ？」

ゴロゴロと雷が鳴り、突然部屋が闇に包まれた。停電なのに、動揺して電気のスイッチを探した。すぐに復旧したが、言い訳ができないほど取り乱している。

雨が叩きつけられる水たまりみたいに、心はバタバタと激しく荒れていた。


闇が怖くなったのは、いつからだろうか。

暗幕のように濃い闇は何か恐ろしいものを隠していて、油断した隙をついてそいつを解き放つ。それは人を襲う獣でもあったし、時折、形すらない魔物でもあった。得体の知れないものはいつだって矢代を狙い、なまぐさい息を吐きながらその瞬間が来るのを待ち構えている。

大人になるにつれ、そんな妄想からは解放されるはずだった。少なくとも周りの友達はそうだった。けれども矢代の場合、成長するに従い悪化していく。

部屋の灯《あか》りを消して寝られなくなった。つき合っていた彼女とセックスをする時も同じだ。それが原因で別れたこともある。それだけではない。狭い場所も駄目になった。

はじめはエレベーターだ。

塾の講師だった頃、教室へ向かうビルで矢代はパニックに陥った。狭い空間の中で、二度と出られないかもしれない気がして怖くなったのだ。いてもたってもいられず、わずか数階移動する間が永遠に感じられた。

チン、という音とともに廊下の空気が流れ込んできた時は、震える足で外に出た。その時はなんとかやり過ごしたものの、長くは続かない。

次は、パーティションで仕切られた簡易的な作りの塾長室だ。四畳半もなかっただろう。バタンと閉まった音。あれが恐怖の引き金だった。閉じ込められた場所で何か恐ろしいことが起きる気がして、再び混乱状態となった。ドアがすぐに開かなかったのは、矢代を慕っていた生徒のイタズラだ。

悪気はなかったらしく、矢代の状態を見た生徒も泣きだしたくらいだ。

歳を重ねるごとに恐怖心は大きくなっていき、耐えられなくなっていく。

そのせいで、仕事もできなくなった。受け持っていたのが受験生ということもあって、精神的に不安定な講師に親たちからの苦情が寄せられた。受験生の受け持ちを外されても状況はよくならない。日に日に増していく闇や閉所に対する恐怖心は、矢代を休職へと追い込んだ。

自分の周りの地面が少しずつ崩れていくような感覚だ。安全な場所がなくなっていく。

どうして。

どうして自分は。

何度自問しただろうか。闇や閉所を避けて生活しようとしても、意外なところに隠れている。

少しずつ酸素が薄くなっていくように、追いつめられる。

そう感じるたびに矢代は思うのだ。

自分が安心できる場所は、あとどのくらいあるだろうか。


「シロクマってこんな気分なのかなって」

矢代は自分の状況をそんなふうに話した。目の前にはメガネの男前が座っていて、話を聞いている。

栗色の軽く癖のある髪の彼は、矢代の担当医の仁井原《にいはら》だ。人当たりがよく、声も柔らかで紳士的な彼は、じっくりと時間をかけて矢代の心を開こうとしている。部屋のあちこちに置かれている観葉植物は、艶々とした葉を広げていた。

「シロクマって、北極とかにいるシロクマのことかな?」

「はい」

突拍子もないことを言ったかと思ったが、それでいいと頷《うなず》いてくれる。

「どうぞ続けて」

促され、思い浮かぶままに話をした。

温暖化で氷が溶けていき、つい昨日まで歩いていた氷の大地がなくなる。身を隠す白い景色は失われ、いつの間にかどこに流れ着くかもしれぬ氷の欠片《かけら》に乗っている。それはすべてを預けるには頼りなく、いずれ己の重みで沈むだろう。その時がいつなのかわからない。わからないが、確実に期限は迫っている。

海の中で生きていけないシロクマを待つのは、死だ。

「氷に乗ったシロクマになった気分です」

「なるほど。確かにシロクマが氷が溶けていると認識していて、自分の生活圏がどんどん狭まっているとしたら不安だろうね」

「そっか。シロクマはそんなことわからないですよね」

「いや、いいんだよ。君が今どんな気持ちか、とてもわかりやすかった。年々許容できる範囲が狭まってくる闇や閉所への恐怖は、僕の想像を遥かに超えるようだ」

馬鹿にせずに聞いてくれる仁井原に、少しだけ気持ちが楽になる。

相手が精神科医とはいえ、自分について包み隠さず話すのにはじめは抵抗があった。今は、徐々に相談できるようになってきている。週に一度のセラピーは雑談のような話がほとんどだが、仁井原を随分信頼できるようになった。自分をさらけ出す恥ずかしさも、以前よりずっと少ない。

「最近何か変わったことはあった？」

「えっと……闇に慣れようとレンタカーを借りて山道を走りました。街中は灯りがあるから」

「それはあまりよくないな。荒療治ってのは、こういう時はよくない」

「ですよね。反省してます」

矢代は、司波の言葉を思い出していた。

『さっき家に帰ろうとしてたなんて嘘だな』

正確に的を射貫《いぬ》く鋭さで、しかも不意をつく唐突さで、矢代の秘密を指摘した。

だが、口籠もるとそれ以上聞かなかった。聞かないでいてくれた。その話題を蒸し返したりもしない。

「次に何かしたいと思ったら、まずわたしに相談して。勝手にチャレンジしないこと」

「はい、肝に銘じておきます」

姿勢を変えると、革張りのソファーがギュ、と微かに音を立てた。

「だけど今日は少し表情が明るいね」

「え、そうですか？」

「何かいいことでもあった？」

司波と出会った。それがいいことなのかは、わからない。

ただ、自分が誰かの役に立てるかもしれないと思うと、心がほんの少し楽になるのだ。両親にも親戚にも、心配や迷惑をかけてばかりいる。だから自分が誰かのために何かができるのが嬉しい。

「人の役に立てそうだから」

「役に？」

「はい。困ってる人を助けるって……俺がそんなことできる立場じゃないってわかってるんだけど、問題を抱えている人がいて手助けしようって話に」

「それはいいね」

意外だった。自分の治療に集中しろと言われるかと思った。

「特にこういった精神的な問題ってのは理解されにくい。だから、自分が悪いと思い込む患者さんも多いんだよ。だけどそうじゃない。誰にだって起こりうることで、決して君のせいではないんだ。楽しむことも、人助けすることも、自分がしたいと思ったらしていいんだ」

わかるね、と言われ、素直に頷けた。きっとこれもいい兆候なのだろう。

「それと、前に提案した件だけど」

「ヒプノセラピーですよね」

声に憂鬱が現れているのが自分でもわかった。

歳を重ねるごとに悪化する症状の原因は、子供の頃の経験かもしれない。何かきっかけがあるなら、それを解明するのが問題解決の糸口になる。

そう言われた時、すぐに返事をしなかったのは怖かったからだ。

人は時に自分を護《まも》るために記憶を封じると聞いたことがある。あまりにショックなできごとに遭遇して心が耐えられないのなら、思い出した時に自分がどうなるか。

踏み出すのには、勇気が必要だ。

「もう少し考えてもいいですか？」

「もちろんだよ。無理にやることはないし、治療の一環として検討してもらえばいいから」

「すみません」

「謝らなくていいよ。今は誰かの役に立つといい」

「はい」

「どんな人？」

まさか踏み込まれるとは思っていなかった。だが、サラリとした言い方につい答えてしまう。

「野良犬みたいな人、かな」

自分で言って、なんてありきたりだろうと呆れた。

雨の中をとぼとぼ歩いていく犬の後ろ姿と司波を重ねてしまうのは、出会った日の霧雨のせいだろうか。

手を伸ばさずにはいられなかったのは、帰巣本能に突き動かされるように『死』を求めていたからだ。生から逃れるためではなく、その先に失った誰かがいるという切実さで。

「野良犬か。それはほっとけないね」

「はい」

「力になってあげて」

矢代はしっかり頷いた。

不老不死の司波のために、死に方を見つける。

他人が聞いたら、死ぬ手助けなんてとんでもないと非難されるだろう。けれども司波の瞳の奥にある仄暗さを見たら、きっと多くの人が自分と同じ気持ちになる。

外に出ると、刺すような光に目を細めた。梅雨明けしたとニュースで言っていたのは、昨日の夜だ。これから本格的な夏が始まる。すぐに汗ばんだ。

「暑ぃ」

街路樹の中で蟬《せみ》が鳴いていた。アスファルトはすでに熱をため込んでいて、足元から熱気が上がってくる。信号が青になった途端、流れ出す人。クラクション。

忙《せわ》しない街の様子を見て、生きていると感じた。人だけでなく、植物も、街も、街を包む空気も。すごい生命力だ。自分だけが取り残されている気がするのは、なぜだろうか。生きているのに、生きている気がしない。

世界と自分の間に分厚いガラスの壁があるみたいだ。触れられるほどすぐ近くにいるのに、あちら側に入れない。

呼びかけても、叩いても、誰も矢代の存在に気づかず通りすぎていくだけだ。


不老不死の躰を手にする前。司波には幸せになって欲しい人がいた。

彼は護りたい存在でもあったし、護られるべき人材でもあった。何十年経《た》った今も彼を失ったことを、深く後悔している。

明治五年。政府が芸娼妓《げいしょうぎ》解放令を出したあとも、霧雨を伴う貿易風が町を洗う東北の地には多くの妓楼が残っていた。廃娼運動のきっかけではあったがその火種はまだ小さく、「遊女屋」から「貸座敷」と名前を変え、男たちのために女を売っていた。芸を売る芸子とは違い、漁村や農村部から売られてきた借金漬けの女たち――女郎と呼ばれる娼妓の環境は、過酷としか言いようがなかった。

女の人権がないがしろにされた時代。赤ん坊の頃に妓楼の前に捨てられていた司波もまた、逃げられない運命の中にいた。

「許してっ、その人を許して……っ」

妓楼の庭に、悲痛な女の声が響いた。凍りつくほどの冷たい地面を這《は》いながら、縋っている。泣き叫ぶ女を司波はいとも簡単にはね除け、逆の手で男の髪を掴んで引き摺《ず》っていった。男の顔は血塗れで肌は青黒く腫れ上がり、口もきけないほどになっている。

「あ、あんた子供の頃はっ、ここの女の世話になったんだろっ」

「関係ない。親が金を借りたんだろ。きちんと返せば自由の身だ」

客の中には荒くれ者も多く、いざこざを起こす客もいたため、用心棒のような役割を担っていた。男と駆け落ちした女を捕まえて見せしめのような真似《まね》をするのも、司波の役目だ。

「彰正、ちゃんと言い聞かせたんだろうね」

妓楼の奥から出てきたのは、この貸座敷を営んでいる女だ。

「男と逃げるなんて、トミ、あんたよくも裏切ってくれたね」

「ゆ、許してくださいっ！」

中には住み込みで働く娼妓もいて、一部始終を見ている者もいた。子供の頃こそ野良猫でもかわいがるように接されていたが、今は違う。

娼妓たちの自分を見る目に浮かぶのは、恐れか情炎かのどちらかだった。

「彰正。あんたはもう休んでいいよ。トミはこっちへ来な。ほらほら、あんたたちも先生がいらしたよ。ちゃんと躰を見てもらいなね」

往診の医師が来たと連絡が入り、司波は逃げるようにその場をあとにした。

妓楼が並ぶ区画——遊郭を出て向かったのは、川辺の葦《あし》が群生する場所だった。

近くに渡し船の船頭が使っていた小屋があり、子供の頃は兄弟のように育った幼馴染《おさなじ》みとよくかくれんぼをした。一日違いで遊郭に捨てられていた彼もまた、成長すればいい働き手になるという期待により命を救われている。しかし、今は別々の道を歩んでいた。

子供の頃を思い出すと、渇いた心がほんの少し潤いを取り戻す。

どのくらい経っただろうか。

風が葦を撫《な》でる囁《ささや》きの中に、聞き馴染んだ声が聞こえた。彰正、彰正、と。

「彰正、いるんだろ？」

「ああ、こっちだ」

返事をすると、背丈ほどある葦を掻き分けながら近づいてくる。

「今日は早いな」

「昨日夜遅くまで仕事してたからな」

仕事という言い方に自分で嗤い、昨夜のことを思い出して己の汚れた手を眺める。ゴツゴツして肉厚で、日に焼けていた。力強そうな手なのに、誰かを護ったことはない。助けたこともない。何かを生み出しもしない。

人を不幸にする手だ。

「元気そうでよかった」

「勉強どうだ？」

「難しいことばかりだ。大変だけど、誰かの役に立てる仕事だから」

そう言った彼の顔を、司波は眩《まぶ》しくて見られない時がある。澱みのない瞳で未来を見つめる姿は、彼自身が一筋の光のようだ。汚れた自分の手と比べてしまい、早く遠ざけなければと思うのだ。けれども、先延ばしにしてしまう。

感情はなぜこうも自分の思いどおりにならないのだろう。

「なんで来るんだよ？」

「彰正こそ来てるだろう」

ここで会うのは、示し合わせたわけじゃない。きっかけは、帰る姿をこっそり見送ろうとして、うっかり見つかったことだ。会うつもりじゃなかった。それなのに、子供の頃と同じ笑顔で駆け寄ってくる幼馴染みの姿を見て、つい立ち尽くしてしまったのだ。

以来、彼が妓楼に現れるたびにここに来ている。

「お前はこんな掃きだめみたいなところから抜け出せ。お前ならできる」

「何を言ってるんだ。彰正も一緒だ。俺たち子供の頃からずっと一緒だろう？」

「もう大人だ。それぞれ自分たちに合った場所で生きていくのがいいんだよ」

「だからここから出ようって言ってるんだ」

落ち着いた、朝露のように濁りのない声だった。雑味のないそれがスッと喉を通るように、彼の声もまた耳に心地よく入ってくる。

「俺みたいなクズは、ここがお似合いだ」

「またそんなふうに言う。俺はお前が優しい人間だって知ってるよ」

曇りのない目を向けられて嬉しい反面、自分の中に芽生えているこれまでと違う感情をどう制御すればいいのかわからず、司波は戸惑った。大事にしたい相手なのに、時折壊したくなる時がある。

彼を見る自分の眼差《まなざ》しに宿るある種の粘度は、隠しきれない。

醜い欲望をさらけ出したら、自分を置いてこの泥沼から出ていくだろうか。

「俺が何してるか知ってるだろう?」

そう言うと、決まって彼は悲しそうな笑みを浮かべる。

そんなふうにしか言えない司波を憂えているのか、それとも自分だけが掃きだめから抜け出せたことを後ろめたく感じているのか。

「知ってるよ。逃げた女郎を連れ戻したり、男を教えたりしてる」

恥じる必要がないとばかりに、はっきりと口にされた。一見優しげな顔立ちだが、意志が強くて、いつも敵《かな》わないと思う。手が届かない。

「昨日遅くまで仕事してたのも、逃げた女を捕まえたからだ。そのあと、見せしめに男を半殺しにした」

「全部聞いた。その話で持ちきりだったよ」

彼は女たちが正直に気持ちを吐き出せる数少ない相手だ。耳に入るのはわかっていたが、自分のしたことが筒抜けだと思うと、汚物に群がる蝿にでもなった気分だった。

これ以上見られる前に、早く縁を切らねばと思う。

それなのに――。

「この前は十五の女に客の取り方を教えた」

「うん、それがお前の仕事だもんな」

「泣いて嫌がる女に足を開かせるんだ」

「俺がお前みたいに力があれば同じことをした」

そうだろうか。客と恋仲になって逃げる女を捕まえたり、女が客とこっそり連絡を取り合わないよう監視したりなんてことが、彼に務まるのだろうか。

「お前は人助けが似合ってる。向き不向きがあるんだよ」

吐き捨てた言葉みたいに、自分の想いも捨てられたらどんなに楽だろうか。

「俺には今の仕事が向いてる」

女を逃がしてはならなかった。必ず連れ戻し、男は半殺しの目に遭わせ、女も二度と客と駆け落ちしないよう折檻《せっかん》する。ひどい目に遭わせるほど抑止力となるため、泣いて懇願されても許さなかった。それが仕事だった。

頼むから、逃げる気など起こさないでくれ。

泣き叫ぶ女を見ながら、司波の心も泣いた。

頼むから。ここに来た以上、夢は捨ててくれ。誰かに惚《ほ》れても心を殺してくれ。

女たちへの願いは、自分へと向けられる。

惚れても心を殺してくれ。

隣で自分の話を聞いている幼馴染みを見て、何度自分に言い聞かせただろう。

「俺だけ幸せになろうとは思わないよ、彰正」

昔から賢く、物覚えもよかった彼は遊郭に出入りしていた医師に将来性を認められ、引き取りたいと言われた。

彼は司波ほど力が強くなく、心根が優しくて汚い仕事には向かなかった。役立たずをいつまでも食べさせるよりは、医師に面倒を見てもらったほうがいい。女郎たちの健康管理をすべて引き受けるという条件で話はまとまった。

彼がここから飛び立てることを、心から祝福している。

自分は膝まで泥沼に浸かったままでも、渡る鳥や赤く燃える夕日を眺められる。時には桜の花びらがヒラヒラと舞い落ちてくることもあるだろう。

荒廃した景色ばかりではない。それでいい。十分だ。

「お前は医者になるんだろ?」

引き取ってくれた医師が往診の時に彼を伴って来るのは、司波を残してここを出られた彼の気持ちを汲《く》んでくれているからだろう。

いい人だ。いい人に貰われた。こんな幸運はない。だから失う前に自分など捨てて、この汚い世界から飛び立って欲しい。

「ここからお前を連れ出す。それが俺のもう一つの夢なんだ。俺はお前を兄弟みたいに思ってる。自分だけ幸せになろうだなんて思わない」

淀《よど》みない川の流れのように、彼は自分の夢を臆することなく口にする人だった。その中に自分の存在があるのが誇りでもあったし、司波を苦しめるものでもあった。

この意志の強さが、司波には眩しかった。

木漏れ日のように、たくさんの葉で遮ろうとしてもキラキラした光が降ってくる。日陰にいる者にも、散乱する光は届いてしまう。

彼ならきっとどんな困難にも打ち勝つだろう。信念を持ち続けることができる。

それに比べて自分は——。

弱い女相手に、搾取するだけの存在だ。その手先だ。傀儡《くぐつ》のように命令に従うだけだ。頭で考えるより、ただ与えられた仕事をこなす。そうしなければ生きていけない。

だから、いつか幼馴染みを自分から解き放ってやらなければと思う。いつまでも自分を心配してくれる優しい彼に、愛想を尽かされなければ。

牢獄《ろうごく》に囚《とら》われるのは自分だけでいい。

ピ、ピ、ピ、とタッチパネルを操作する音が、静寂を微かに揺らした。
死ぬ方法を探す。

矢代たちは不老不死と言われていた人間がどんな末路を辿《たど》ったのかを調べようと、市の図書館に来ていた。検索して出てきた資料を運び、目を通してはまた検索するのを朝から繰り返している。

ひんやりとした空気で満たされた場所は、忙しない時間の流れとは切り離されていた。闇や閉所への極端な恐怖のせいで普通に生活できない矢代にとって、この空間は自分をおおらかに受け止めてくれる気がする。

特に背板がない本棚だと、本の間から見える向こうの様子に親しみを感じた。風通しがよく、狭いところが苦手な矢代でも平気でいられるのだ。

「不老不死の薬と言えば、秦《しん》の始皇帝だけど」

「そいつは失敗例だな。水銀喰らって死んだ」

「ああ、そうか。そうですよね。サン・ジェルマン伯爵って人も不老不死って言われたそうですよ。タイムトラベラー説もあるけど」

「そいつは特殊なテロメアを持ってたから参考にはならないだろ」

「テロメアってなんでしたっけ？　細胞分裂の回数をカウントするとかなんとか」

「違うけどそんな感じだ」

「エリクサーは？」

ＲＰＧゲーム等で出てくるアイテムで聞き慣れているが、こういったものは大体元ネタがある。調べると、エリクサーとは『賢者の石』から抽出した不老不死の薬とも万能薬とも言われている。

「あ。サン・ジェルマン伯爵ってエリクサーを飲んだ説ってのもある」

「段々不老不死になりたい人になってきたな、俺ら」

最初から上手く行くとは思えなかったが、途方もないことに挑戦している気がした。そもそも不老不死の薬についてはすでに司波が調べていて、新しい情報はなかなか得られない。

「司波さんが飲んだのはどんな薬だったんですか？」

「茶色の粉だった。妙な匂いがしたよ。なまぐさいというか」

「なまぐさい？」

「いや、違うな。魚臭いとも違う」

不老不死で有名な話の一つに、人魚の肉もある。漫画や映画にも出てくるほどポピュラーで、その大元が八百比丘尼《やおびくに》だ。

人魚の肉を食べた娘が、不老不死になって八百年生きたという伝説で全国に分布している。

「肉じゃなかったぞ」

「干した肉を粉状にしたのかも」

「言われてみれば薬草みたいな匂いじゃなかったな。人魚の肉って線で当たってみるか」

「でも、本当にそんなものあるんですかね。そもそも人魚って架空の生き物なんじゃないですか？」

不老不死の男を目の前にして言う台詞じゃないと思うが、司波が本当にそうなのかすらいまだ信じられないでいる。あの夜のことは夢の中のできごとのようだ。

「なんならもう一回やってやろうか？」

「へ？」

「そこから飛び降りても死なないぞ」

司波の視線の先には窓があった。なんの木だろうか。丸みを帯びたハート型の葉が、日を浴びて生き生きしている。

「わ～っ、ちょ……っ」

いきなりそちらへ向かった司波に慌てた。両腕でがっちりと腰を掴むが、そのままズルズルと引き摺られる。

「信じますっ、信じますって！」

窓の前まで来て、ピタリと動きがとまった。恐る恐る顔を上げると、意地悪な笑みを見せられる。

「こ、こういう冗談は……っ」

言いかけて視線を感じた。司書の視線がスナイパーの鋭さで矢代を狙っていた。あとひとことでも言葉を発すれば、ツカツカと苛立《いらだ》ちを音にしながら歩いてきそうだ。

身を縮こまらせた。こんなイタズラをする人だったのか。

「もう、協力しませんからね！」

小声で抗議すると、「怒るなって」と司波は笑った。それを見た矢代は、ずっと忘れていた胸の高鳴りを思い出した。

めずらしい昆虫を見つけた時のような、小さな発見に心躍らせた子供の頃の夏休みの想い出が、汗の匂いとともに蘇《よみがえ》る。

「それじゃあ、人魚の肉って線で調べていきましょうか」

「そうだな」

いつまでも楽しげな余韻を残す声に、顔の火照りが収まらない。

「俺、大学の頃に人文学部だったんですよ。ゼミの先生が民俗学が専門で狐憑《きつねつ》きとかよく知ってて。聞いてみますね」

「そりゃ助かる」

連絡はすぐに取れた。八百比丘尼や人魚伝説については、別の大学の准教授で詳しい友人がいるという。しかも、伝説に関するデマやゴシップ、そこから派生した都市伝説のようなほんの一部の地域でしか語られていない話など、かなり幅広く研究しているのだそうだ。

明日以降なら連絡できると言われ、いったん電話を切った。

「上手くいったな。飯でも喰うか」

「そうですね。公園のほうにキッチンカーが来てましたよ。まだいるかな」

外に出ると、空気はたわわに水分を貯《たくわ》えていた。けれども梅雨明けの空は呆れるほど陽気で、汗ばんだ背中も生ぬるい風も不快ではない。仕事を辞めてから、こんな気分で空を見上げたのは初めてかもしれなかった。

「あ、いた」

キッチンカーでは、ハンバーガーやホットサンドが売られていた。果物を絞ったジュースもある。

「これこれ、これにしましょう！」

司波はチーズバーガーとアイスコーヒーを、矢代はチキンのホットサンドと限定の桃ジュースを注文した。クラッシュアイスがたっぷり入っていて、喉を潤すと、爽やかな桃の甘い香りと冷たさに体中の細胞が喜んでいるのがわかった。

むしろこの蒸し暑さを歓迎したくなる。

「仕事いつまで休めるんですか?」

「明日だな。土日は実入りがいいから入れたい」

司波は、日払いの仕事で喰いつなぐ日々だった。

働くにしろ住居を借りるにしろ、人が生きていくには身元を証明するものが必要なシーンは出てくる。だが、世の中には犯罪者でなくとも誰かから逃げている人や、戸籍がなく書類上は存在していない人がいる。

そんな人たちが生きるための手段があり、司波もその恩恵に与《あずか》っている人の一人だ。

彼がどうやって生活しているのかを知るにつけ、矢代は自分がいかに恵まれているか思い知らされるのだった。

「なんだ?」

「あ、別に……」

「あんたこそ、仕事はいいのか?」

「えっと……今、休職中なんです。前に契約していた塾は臨時だったんで」

契約は更新されるはずだった。矢代の授業はわかりやすいと評判だったし、塾長からは臨時ではなく正式に講師として迎えたいと持ちかけられてもいた。

塾長室に閉じ込められてパニックを起こした小さな事件から、一年近くが経つ。

「蓄えもあるし、失業手当ももうしばらく出るので今はこっちの問題に集中しましょう」

「少し前はそういうのをプータローって言ったな」

「少しじゃないでしょ。そんなの聞いたことありません。死語ですよ、死語」

「そうか、もうそんなに経つか。長生きすると段々わからなくなるな」

「そういえばバブルも経験してるんですよね」

「ああ、日本中がイカれてたな。おかげで俺も稼ぎやすかった」

司波は相変わらず快活という言葉とは縁遠いが、初めて会った時とはまた違った印象だ。年相応に冗談を言ったり笑ったりする。延々と自分の境遇を呪っているのではない。

死を求める旅は暗く、険しく、陰鬱なもののイメージだったが、ハンバーガーを片手に借りてきた資料を読んでいる姿は夏休みの課題に取り組む学生だ。

「本汚さないでくださいね」

「ああ」

言ってるそばから、かぶりついたハンバーガーの肉汁が溢《あふ》れて手についた。親指を舐めるのを見て、紙ナプキンを無言で差し出す。

昼のケチャップを舌で拭う姿は、ライオンの食事だ。

「ねぇ、ここに八百比丘尼は八百年で死んだって書いてありますよ。永遠の命ってわけじゃないみたいです」

「つまり八百年待てば死ねるってことか？」

「そんなに待てないですよね」

相変わらず妙な会話だ。何か思うところがあるのか、司波は食べかけのハンバーガーをじっと眺めていた。

「どうかしたんですか？」

「いや、俺は永久に喰うだけだなと思ってな」

言いたいことはわかる。矢代も考えたことがあるからだ。

地球上の生き物は食物連鎖の中にいる。弱い者が強い者の餌食となるが、強者も死んでしまえばその骸《むくろ》は微生物や弱者の糧となる。喰う者喰われる者。みんな繋がっているのだ。

だけど、死なない司波は永久に誰かの栄養となることはない。

「俺は喰わなくても死なないってのにな」

「でもお腹は空《す》くんでしょう？　痛みや眠気も感じるんですよね？」

「ああ」

「だったら、食べたり寝たりしたいってのは当然ですよ。痛みから逃れたいだろうし。それに、現代の人って火葬して骨壷《こつつぼ》に入れてお墓に収めます。死んでも他の生き物の栄養源にならないんじゃないですか？」

「確かにな」

「俺は焼かずに土に埋めて欲しいです。海に流してもらって魚の餌でもいいけど」

「俺が死んだらどうしようか」

「え」

「そういや死んだあとのことも考えねぇとな。あんたが殺人犯にされるかもしれない」

そこまで考えていなかった。

「鳥葬でもいいが、骨が残るからな。骨は砕いて散骨しねぇと」

「それを俺にやれって言うんですか？」

「殺人犯にされないためだろ？」

司波は宝くじに当たったら、と同じノリで、死体の処理をどうしようか相談する。

「ああ、そうだ。強アルカリの薬品でグツグツ煮ると骨まで溶けるらしいぞ。試してないから本当かどうかわかんねぇけど」

「試したことがあったら怖いですよ」

「ミンチにして豚に喰わせるとか。まさに食物連鎖だ」

「やめてください」

「ペットの移動火葬車ってのもあるぞ。小分けにして灰にするんだ」

「もういいです」

それ以上言わないでくれ、と訴えるが、司波は虫が苦手な先生に捕まえた蟬を見せに行った友達と同じ顔になっていた。さらに口を開こうとするのを見て、人差し指を耳に突っ込む。

「わ〜っ、聞きません！　もういいですって！」

「まだ何も言ってないだろ？」

疑いの眼差しを向けると、声をあげて笑っていた。

よかった。たくさん笑っている。この瞬間だけでも楽しんでいる。ずっと地獄のような日々なのではない。

だが、最後の一口を放り込んだ司波は、何かにふと目をとめて違う表情を見せた。視線を辿ると、ゆらゆらと揺れる空気の中に喪服姿の一団がいる。ここに来る途中、『〇〇家』という案内を見たのを、矢代は思い出した。

熱せられたアスファルトに水たまりのように浮かんでいるものが、決して捕まえられないと知ったのは、いつだっただろうか。揺らぐ景色の中に見える『死』の象徴は、近づけば逃げ水と一緒に遠くへ行ってしまいそうだ。どんなに追いかけても、手にできない。

司波の目が羨ましそうだと感じるのは、自分の思い込みだろうか。

彼の人を失ったのは、自分のせいだ。
司波を苛《さいな》むものの一つが、その思いだった。
医師に引き取られて勉学に励む幼馴染みの人生は、光り輝くものであるはずだった。そして
それは、誰の目にもそう映っていた。若く、意欲もあり、努力を惜しまない根気強さも持って
いる。
そんな彼の人生と対極にいる司波は、相変わらず妓楼で働く女たちを道具のように扱ってい
た。彼女たちが流す血の涙で手は汚れ、心は荒《すさ》んでいく。拭っても拭っても落ちない汚れは、
いつしか痣のように沈着し、自分の一部となる。
天罰とでもいうように病に倒れたのは、二十七歳の時だ。
粗末な離れの一室に隔離された司波は、外から扉にかんぬきをされ、自由に出入りできなく
なっていた。
「ゴホゴホ……ッ」
咳《せ》き込み、とうとう血痰《けったん》が出たかと赤く染まった布団を見て司波は嗤った。体重は減少し、
下痢も続いている。胸の痛みは日に日に増し、今は呼吸すらままならない。この病気に罹《かか》って
死んでいった者を何人も見たことがある。
役立たずになった自分も同じ運命を辿るのだと覚悟した。それがお似合いだと。
「彰正、彰正」

その時、自分を呼ぶ声に気づいて、窓に顔を向けた。覗き込んでいるのは幼馴染みで、死の直前に見る甘い夢かと思った。

何日も荒れ果てた小屋の様子ばかり瞳に映していた司波は、古くなった目の膜が剝がれて真新しいものに変わったような、不思議な気持ちに見舞われた。くすんだ景色は色鮮やかになり、自分自身までもが生まれ変わった気さえする。

ゴトゴトとかんぬきが外され、扉が開いた。澱んだ空気に流れ込んできた新鮮な空気と同じく、彼はごみ捨て場のような場所に清涼感を運んでくる。こんな場所に立っても、汚れるどころかむしろその存在が回りを浄化するとでも言うように。

「馬鹿……うつるぞ」

「大丈夫だよ。長居はしない」

外に注意しながら扉を閉めてこちらに来る彼の気配に、嬉しい反面、怖くもあった。この病気をうつしたら取り返しがつかない。

「近づくな、……頼む、から、ゴホゴホゴホ……ッ」

制するのを無視して、彼は傍《そば》にきて懐から小さな包みを出して枕元に置いた。

「彰正、それを飲め」

「なんだ……、これは」

「薬だ。よく効くらしい」

「どうしたんだ？」

「買ったんだよ」

嘘だとわかった。正直すぎる彼の瞳には、惚れた遊女を連れて逃げる男と似た思いつめたものが浮かんでいたからだ。覚悟と言ってもいい。

「よく、効くなら……高価な薬なんだろう？　金はどうした？」

「先生が出してくれた。兄弟みたいに育ったお前が病気だって知って、俺のためになんとかしようって言ってくれたんだ。心配するな」

「薬のために……借金とか、してないだろうな」

「してないよ。だから、頼むから飲んでくれ」

迷った。どうやって手に入れたのか、手に入れた代償として何を払わされるのか。考えるほどその薬を口にしてはいけないと感じる。

「飲まないと口移しで無理矢理飲ませるぞ」

「やめろ」

「本気だ」

彼の目に浮かぶ切実さが、嘘ではないと訴えていた。ここで飲まないと実行する。押し問答をしているうちに、病気がうつるかもしれない。

今は従うしかないと、司波は身を起こして枕元に置かれた包みに手を伸ばした。

口に入れた途端、なんとも言えないなまぐさい匂いが広がり、急いで水で流し込んだ。それでも消えない。虐げられてきた女たちの呪いのように、喉に、鼻孔に、まとわりつく。

「どうだ?」

「そんなにすぐ、効くわけ……ないだろ」

再び躰を横たえると、心配そうに自分を覗き込む彼の顔が視界に入ってきた。

「飲んだろ?　早く……、行け」

「わかった」

立ち上がるのを見て、ホッとした。

死ぬのなら、それもいい。どうせ生きていても、ろくなことをしないのだ。誰かを不幸にする存在でしかない。

「また明日来るからな」

もう来るなとは言えなかった。人目を避けるように帰っていく彼を見送りながら、本当はまた来て欲しいのだと思った。また会いたいのだと。

だが、翌日姿を現さなかった。次の日も。また次の日も。

この泥沼から飛び立ったと思いたかったが、明日来るという言葉を言い残したままどこかへ行くはずがない。何か悪いことが進行しているとしか思えなかった。

それに反して、司波は急速に回復していった。むしろ躰は以前より軽いくらいで、数日前には死にかけていたのが嘘のように力が漲《みなぎ》ってくるのだ。自分が彼の命を吸って生きる寄生虫のように感じ、焦燥ばかりが大きくなっていく。

それは、気のせいではなかった。

後日、労咳《ろうがい》だと診断されたはずの司波は、すっかりよくなっていた。

何が起きたのか。なぜ、幼馴染みが姿を現さないのか。

彼を引き取った医師に連絡を取ろうとしたが、それもできない。ただごとではないと確信した矢先、女たちの噂話《うわさばなし》を耳にする。

「あの子、連れていかれたらしいよ?」

「やだ、そんな……っ」

「盗みを働いたんだって」

「なんでまた」

「貴重な薬だったんだって。なんでも、永遠の美を手にできるとかなんとか」

「おいっ!　今の話……っ!」

「——きゃ……っ!」

青ざめていたのは、力ずくで腕を摑まれている女ではなく司波のほうだった。貴重な薬があの時飲んだものなのは間違いなく、地面が崩れる感覚に陥る。

「知ってることを全部言え!」

彼女たちの話によると遊郭に通う資産家の上客から薬を盗み、捕まったのだという。しかも、連れていったのは、目つきの悪いゴロツキのような男たちだ。

それが何を意味するのか――。

「なんだと？」

「万能薬って言ってたけど、本当は不老不死の薬だって」

「そんなもんあるわけないだろっ。あっても譲ってくれるわけがない。だけどあの子がどうしてもって言うから教えてやったんだよ。まさか盗みを働くなんて」

「薬の持ち主は誰だっ？」

「あたしの客だよ」

騒然とした空気を一瞬で凍らせるような声だった。振り向くと、ここで一番の売れっ子が歩いてくる。女たちが自然に道を開けるのも、当然のような態度だった。

「あんたを助けたいっていうから」

「それで協力したのか！」

「そうだよ。どうしてもっていうから盗む手伝いをしたのさ。薬を見てみたいって言って」

「なぜだ！」

「命を懸けて惚れた男と逃げる女の気持ちがわかるかい？」

言葉につまった。

これまで駆け落ちした男女を何人も痛めつけてきた。見せしめのためだ。惚れても心を殺してくれと念じながら、鬼畜のような行為に手を染めてきた。

それでも逃げる女はあとを絶たない。

なぜだ。なぜ。

「あの子も命を懸けたんだ。あんたを助けるためにね。だから、あの子の想いに応えてやりたかったんだよ。叶《かな》えてやりたかった。あんたには一生わからない。命を懸けて愛することができないあんたにはね」

司波は思い知った。これは、今まで自分が虐げてきた女たちの怨念だと。

逃げていた。こんな泥沼から這い上がれないと、自分の想いすらも裏切って道を切り開こうとしなかった。

彼はいつもまっすぐな目で、司波を連れていくと訴えていたのに。

司波は女から客の屋敷を聞き出してすぐに向かった。自分が薬を飲んだと訴えると、上客の男は司波を屋敷に招き入れた。

すぐさまゴロツキどもに囲まれたのは言うまでもない。

だが、皮肉にも不老不死となった司波は無敵だった。自分を阻む者を皆殺しにしたあと、敷地の奥に蔵があるのを見つける。

光の届かない、真っ暗で狭い場所で見たものは――。

思い出すと、今も息ができなくなる。

罪人として囚われるよりひどかった。どんな拷問を受けたのか想像しただけで足が震えた。

彼は薬を誰に渡したのか、最後まで口を割らなかったらしい。

幼馴染みの屍《しかばね》を見て、司波は己を呪った。空腹でも盗みを働いたことのない彼が、司波のために罪を犯した。彼が歩くはずだった輝かしい未来を握りつぶしたのと同じだ。

大事な人を失った怒りと悲しみは、用心棒の死体の傍で腰を抜かしている上客の男を目に映した途端、爆発する。

自分にとって唯一の光だったのに。護りたかったのに。

司波は荒れ狂う獣と化した。命からがら逃げた使用人が警察に駆け込み、司波は血の海に佇《たたず》んでいたところを発見される。

怒りを放出したあとは、空の肉体だけが残った。本当に空っぽだった。

復讐《ふくしゅう》しても、彼は戻らない。

警察に連行された司波はすべて自供したが、あまりにむごたらしい事件だったため公にはされず、闇に葬られたのだった。

矢代《やしろ》が司波《しば》とともに小室《こむろ》准教授の研究室を訪れたのは、金曜だった。落涙しそうな空がすぐ頭上に迫っていて、空気が重い。

小室は温和そうな雰囲気で、いかにも研究に人生を懸けているといった印象の人だった。四十三歳と聞いているが、もう少し上に見える。

「すみません、急な訪問で」

「いや、構わないよ。民俗学に関心を持っている人は誰でも大歓迎だ。中西《なかにし》教授のゼミの学生だったんだってね。で、彼が小説を書いてる人？」

「司波と言います。デビューもしてないんで、取材も自分でしないといけないいんですよ」

「夢を持つのはいいことだ。できるだけ協力するからなんでも聞いて」

快く迎えてくれた小室に、嘘《うそ》をついたことを心の中で詫《わ》びながら資料を見せてもらった。

「人魚伝説は各地にあって逸話も多いんだよ」

「先生はデマやゴシップみたいな話も詳しいんですよね」

「まぁ、そうだね。尾ひれがついたり、わざと話に手を加えたり。そういったものを見ると、時代背景や当時の文化も見えてくる」

八百比丘尼《やおびくに》は有名で、これまでも多くの人たちにより研究されてきた。北海道《ほっかいどう》と九州《きゅうしゅう》の一部を除いてほぼ全国に分布しているとも言われている。

小室はフィールドワークでその土地に伝わる話を聞きに行った経験も豊富で、文献に残っていない話も集めていた。ひととおり読ませてもらう。

「不老不死っていうけど、永遠ではないですよね」

「そうだね。八百比丘尼は八百年と言われている。諸説あるけどね」

「どうやって死んだんですか?」

単刀直入に聞く司波に、少し焦った。それだけ切実なのだろう。

「八百歳の時に洞窟で入定したって説が一般的だけど、今も生きているって話もあるんだ」

「今も生きてる?」

「そう。今も死ねない苦しみを背負ったまま彷徨《さまよ》ってるってね」

バタン、とドアが大きな音を立て、硬直した。開けっぱなしだった資料室のドアが、風で閉まっただけだ。それだけなのに、全身から汗が出てくる。

「どうしたんだ?」

「いえ、別に」

所狭しと資料が積み上げてある場所は、息苦しかった。図書館のように整理されているわけでも風通しがいいわけでもない。積み重なった本は壁のようで、このまま閉じ込められそうだ。

「すみません、一度廊下に出ていいですか?」

「すまないね。ここは狭くて、学生たちにもよく息苦しいって言われるよ」

苦笑いされ、自分のせいだと言えず軽く頭を下げて部屋を出る。廊下の窓を開けて外の空気を吸うとようやく落ち着いたが、小室の話を思い出して気持ちが沈んだ。

今も死ねない苦しみを背負ったまま彷徨っている。

司波には聞かせたくなかった。あの時、どんな顔をしていたのかわからない。たかがドアが閉まっただけで混乱して、見る余裕すらなかった。

司波はどう思ったのだろう。

どんなに調べても、永遠に死ねない結論にしかたどり着けなかったら——。

「なぁ、矢代」

「あ、司波さん。急にすみません。もう戻ります」

「どうした？」

「え、どうもしないですけど」

愛する人を失い、死ぬ方法を探している男に、自分の問題を打ち明ける気にはなれなかった。暗がりと狭い場所に閉じ込められる恐怖。原因不明の心の病のせいで、仕事も続けられないと知ったら、自分の手伝いなんかしている場合かと言われそうだ。

「具合悪いんだろう？」

「そんなことないですよ」

「夜灯《あか》りを消さないで寝るのと関係あるのか？」

まただ。鋭く、核心をついてくる。

昨夜、司波は矢代の部屋に泊まった。今朝の出発時間が早かったのと、昨日は矢代の部屋に来た司波が思いのほか帰るのが遅くなったからだ。成り行きだった。

皓々《こうこう》と灯りのついた中でベッドに入る矢代に、司波は何か言いかけただけで「消さないのか？」とも「このまま寝るのか？」とも聞かなかった。

シングルベッドの下でクッションを枕代わりにした司波は、ただひとこと。

おやすみ、と。

「暗いと眠れないんです。それだけですよ」

「そうか」

それ以上、司波は聞かなかった。いつも聞かない。聞かないで欲しいことを、追及しない。

「もう大丈夫です」

それから再び資料室に戻った。司波が飲んだ薬が人魚の肉を加工したものだったのか確信は持てなかったが、フィールドワークに連れていってくれるという。和歌山《わかやま》県の小さな町だ。そこで手がかりになる話が聞けるかもしれない。

日程がはっきり決まったら連絡をすると言われ、いったん研修室をあとにする。

「見つかるといいですね」

死ぬ方法、とは言えず濁した。

資料を読むにつけ、永遠の命を生きることがいかにつらいか改めて思い知らされた。一人だけ時間の中に取り残される孤独。

司波は「生きている意味がない」と言った。

生きている意味がない。

これほど悲しい言葉があるだろうか。

喪服姿の一団を見た時の司波の目が、脳裏に蘇《よみがえ》る。心から死なせてやりたいと思った。彼の孤独にピリオドを打ってやりたい、と……。不謹慎だろうか。

「うぁ、暑い」

外に出た途端、汗が噴き出した。ねっとりと絡みつく空気は、サウナスーツのようだ。

「昔はこんなに暑くなかったな」

「そうですよね。俺が子供の頃よりもさらに過酷さが増してます」

聴覚を支配する勢いで蟬《せみ》が鳴いていた。耳だけでなく、躰《からだ》全体で音を感じている気がする。一匹一匹は小さくても、一斉に腹の器官を使って空気を揺らしているからかもしれない。

駅までの道の途中で、小さな子供が自転車を放り出して歩道にしゃがみ込んでいた。一人の男の子を三人が取り囲んで心配している。すぐさま駆け寄り、声をかけた。

「どうしたの？」

自転車で転んだという。派手に擦り剝《む》いたようだ。全員水筒を持っていて、熱中症の心配はなさそうだ。

近くの自動販売機で水を買い、傷口を洗ったあと持っていた絆創膏《ばんそうこう》を貼る。再び自転車に乗って「ありがとう！」と元気に走っていく子供たちに、目を細めた。

「絆創膏なんて持ち歩いてるのか？」

「え、おかしいですか？」

「持ち歩いてる奴《やつ》、見たことないぞ」

これまでも幾度となく言われた。女友達は矢代らしいと笑い、男友達はマメだと感心した。逆になぜ持ち歩かないのだろうと思う。かさばらないし、役に立つ。

「小学生の頃、保健委員だったからかも。先生はいつも持ってて、保健室じゃなくてもサッと出して貼ってくれるんですよ。それがかっこよくて」

矢代がそれを出すと友達が驚くのも楽しくて、真似《まね》するようになったのだ。絆創膏を貼っただけで怪我《けが》した友達がホッとした顔になるのも、嬉《うれ》しかった。

「えっと……どうかしました？」

「ああ、悪い。ちょっとあいつを思い出しただけだ」

あいつ？　と聞こうとして、やめた。

懐かしそうに、大事そうに、記憶の中にいる人を心に浮かべている。司波がこんな顔をする相手は、おそらく一人だ。

ここにはいない誰か。二度と会えない人。

春の木漏れ日を浴びているような、穏やかな表情だった。不死という病に冒された司波に安らぎがあるなら、少しは救われる。

司波が失った人は、どんな人物だったのだろう。

「どうかしたか?」

「あ、いえ……、別になんでも」

聞けばいいのに、聞けなかった。

大事な想い出に踏み入ることに躊躇《ちゅうちょ》したのかもしれない。

なぜ矢代は暗い場所で寝られないのだろう。狭い場所も受けつけないらしい。苦手というレベルではなく。

矢代が問題を抱えているのは、出会った日に気づいた。山道を車で走るのは、目的があるからのはずだ。当てもなくドライブをするような場所でもない。しかも、家に帰るところだったと言いながらUターンをした。取り繕ってはいたが、明らかに嘘を隠そうとしていた。

「お疲れ様です」

司波は事務所で金を受け取ると、家路に向かった。

今の仕事は廃棄物処理場での作業だ。昔は遠洋漁船に乗ったこともあるし、トンネル建設に従事していたこともある。あの頃は今よりずっと人権がないがしろにされていたが、働き口の選択肢が多く、実入りもよかった。

どうせ死なないのだ。何をしたっていい。

アパートに帰ると、部屋の前に人が立っていた。

「あ、お帰りなさい」

自分に向かって手を振る矢代を見て、ドキリとする。背丈ほどある葦《あし》の中から姿を現して手を振る彼《か》の人を彷彿《ほうふつ》とさせた。

こんなふうに誰かに迎えられたのは、いつぶりだろうか。

「どうしたんだ?」

「フィールドワークの日程が決まったんです。早く伝えたくて」

スマートフォンは持っている。番号も教えていた。電話で済む話なのに、わざわざ来るなんて。

「電話したんですけど出なかったから」

「ああ、悪い」

着信に気づかなかったのは、仕事先からしかかかってこないからだ。

「突然来てすみません」

「いや、いいよ」

「ついでにこれ、一緒に食べませんか？　ここの美味《おい》しいんですよ。平飼いの鶏《とり》で、自由に大地を走り回ってるから卵も濃厚で」

差し出された袋の中には唐揚げとコロッケが入っていた。もう一つの袋には、卵やオリーブが載ったカラフルなサラダ。

食べなくても死なないのに。

「そんなに後ろめたいなら、司波さんが死んだら海に流して魚の餌にしましょうか？」

司波の表情から何を考えているのか悟ったのだろう。こんなジョークを言う男だったのかと驚き、反応が遅れる。

「もしかして不謹慎でした？」

破顔した。

「いいや。入ってくれ。ビールはある」

中に招き入れると、殺風景な部屋に矢代は少し驚いたようだ。必要最小限のものしか置いていない。

「綺麗《きれい》にしてますね」

「物がないと言いたいんだろ？」

「まぁ、そうとも言います」

皿もないため、唐揚げとコロッケは紙袋を破って広げた。サラダは半分を蓋に盛ろうとしたが入りきれず、昨日食べたカップラーメンの器を洗って使う。

「じゃあかんぱ～い」

矢代は努めて明るく振る舞っているようだった。気遣われるようなことをしたかと思ったが、存在自体が気遣われて当然だと思い、苦笑いする。

「旨《うま》いな」

「でしょ？　俺はここのが一番好きなんですよね」

司波はもう一度矢代を見た。そして、強く思う。やはり、似ている。

根が真面目で優しく、けれども柔和な顔立ちからは想像できない強さも持っていた。一途に何かをする時の目は、話しかけるのも憚《はばか》られるほど他の誰をも寄せつけない。足元ではなく、もっと遠くを見ている。崇高なものを抱いている。

よく年上の女に迫られて困っていたっけ。

若くて見た目も純情そうな彼は、男たちの道具にされてきた女にはかわいかったようだ。弟のように、遊び相手のように。ちょっとしたイタズラに顔を赤くするものだから、女たちは喜んでいた。

二度と会えない人。幸せになって欲しいと心から望んでいたのに。掃きだめみたいな場所から飛び立って欲しかったのに。飛び立てるはずだったのに。

自分のせいで無残な最期を遂げた。

俺は無理でも、お前だけはと何度願っただろうか。それは届くことなく破壊された。

今も肚《はら》の奥にあの時の怒りがある。黒い焔《ほむら》は今もジリジリと肚の奥で燃え続けていて、司波を内側から焼いていた。

彼を奪った者への怒りと、自分のせいで……、という自責の念が、心の奥で混ざり合ってドロドロに溶け合っている。浄化されることのないそれは、澱《おり》となって司波の心の底に地層のようにたまり続けていた。

「どうかしました？」

「あ、いや……ちょっと昔を思い出してな」

こんなふうに一緒に酒を飲んだことはなかったが、矢代といると失った人を思い出す。凪《なぎ》の海のような、穏やかな空気を持っているからだろうか。会って間もないのに。自分の秘密を知る、ある意味危険な相手なのに。

不死の秘密を探るために、様々な実験をされた。あの時ほど、人間がいかに醜く残酷なのか思い知らされたことはない。

「トイレ借りていいです？」

「共同だぞ。廊下の突き当たりにある」

一瞬、矢代がたじろいだように見えた。部屋を出ていったが、なかなか戻ってこない。やっぱり……、とトイレに向かうと、ドアの前で立ち尽くしている。

「怖いのか？」

「あ、いえ」

ボロアパートだけに、住人でも夜はあまり行きたがらない。汚いし、薄暗くて狭い。おそらく矢代が苦手とする場所だ。

「ドアの前に立っててやるから、少し開けて用を足せ」

「え？」

「苦手なんだろ？」

悩む素振りは見せたものの、やはりどうしても一人では入れないらしく、素直に従った。

「晩飯の代償に男の小便する音を聞かされるとはな」

「すみません」

「女なら興奮するけどな」

「そ、そんな趣味の人だったんですか」

「冗談だよ。ほら、早くしろ。男同士なんだから小便の音くらい気にするな」

アパートの住人が来ないか監視しながら待ち、用を足した矢代と部屋に戻る。バツが悪そうなのがおかしく、わざとジロジロ見てやった。視線を合わせようとしない。

「普段はどうしてるんだ？」

「ドア開けっぱなしです。外では個室にさえ入らなければ大丈夫ですけど」

「そうか」

ジジッ、と窓の外で蟬が鳴いた。窓から下を覗《のぞ》くと、三和土《たたき》の上で裏返しになっている。矢代が窓から顔を出してじっと見ているのは、何か言おうとしているからだろうか。

迷いの浮かんだ横顔を眺める。

「……子供の頃、蟬の羽化を見に行こうって友達に誘われたんです」

雨上がりの軒下に落ちる水滴のようにポツリと、矢代は言葉を零《こぼ》した。

「地元の子供たちの間では、羽化が見られるって有名な場所で」

またポツリ。

空が泣くように、矢代もたくさん涙を零したのだろうか。泣きはらしたあとの諦めが、矢代にこんな顔をさせるのか。

雨がやんだからといって、晴れ渡った空が広がるとは限らない。

「暗がりが怖くて帰ってきたんです。見たかったたな」

「今も怖いのか?」

少し迷ったあと頷《うなず》き、狭い場所も苦手だと言う。

「すみません、トイレつき合わせちゃって。心療内科に通ってます。ちょっとひどくて。こんな話されても困りますよね。ごめんなさい。なんで言ったんだろ」

憂いのある笑顔に、彼の人を思い出す。どんな仕事をしているか口にする司波の自虐に、決まって悲しそうな笑みを浮かべた。

「いいじゃねぇか。俺なんか死ぬ手伝いしてもらってるんだぞ。それくらい聞いてやる。死体の処理を頼むかもしれないしな」

「えっ、それは無理ですよ」

「下手すりゃあんたが殺人犯になるぞ」

「じゃ、じゃあ死体が残らない方法で」

「とうとう薬品で煮る覚悟ができたか」

「そんなこと言ってません。無理です、無理！」

「俺もあれが一番確実だと思ってる」

「だから無理ですって。どっちかというと豚さんに食べてもらうほうが。ほら、食物連鎖」

「何が豚さんだ。かわいい言い方しても喰《く》わせることに代わりはねぇだろ。案外思いきりがいいな」

矢代が笑った。今度は抜ける青空のようだった。梅雨の合間に見るそれは、それまでのジメジメした空気が嘘のように心を晴れやかにする。

ひとしきり笑ったあと、沈黙が二人を包んだ。重々しいものではなく、葦の群生の中に立った時に、それまで吹いていた風がやんだ時の静寂にも似ている。目が合った。

お互い何を言えばいいかわからずに、場を持て余している。先に沈黙を破ったのは、矢代のほうだった。

「流れから取り残される気持ちが、なんとなく想像できます。俺なんかよりずっと苦しいんでしょうけど」

「平気だよ。あんたのおかげかもな」

「え？」

嘘じゃなかった。心配してくれる誰かが、矢代がいるから、少し楽だ。

あの事件以来、一人じゃないと感じたのは初めてかもしれない。そう言うと、矢代は自分が救われたとばかりに、表情を緩めた。

社会はジグソーパズルのように、形が違うパーツの集合体だ。同じものはないが、凹凸がぴったり嵌《は》まる場所があって一枚の世界を作る。だけど矢代は自分の場所を見つけられず、いつまで経《た》ってもその世界の一部になれない。ずっとそんな気分だった。

だから、自分のおかげで一人じゃないと感じたと言われた時は、嬉しかった。

時間の流れの中で迷子になっている人。

彼の孤独を埋めたい。癒やせるなら癒やしてやりたい。

余ったパーツを繋《つな》げたら、何か見えてくる景色があるのだろうか。


「蟬？」

「ああ、蟬の羽化を見に行こう」

司波から誘われたのは、アパートに行った一週間後だった。

「今からです？」

「ああ。どうせ明日仕事ってわけじゃないし、観たかったんだろ？　ずっとプータローでいられるわけじゃない。行くなら今のうちだ」

「プータロー言わないでくださいよ」

時々出てくる死語は、わざとだろうか。おかしくて自然と口許《くちもと》が緩む。

さらわれるようにマンションから連れ出され、レンタカーに乗った。免許はどうしたのか聞くと「知らないほうがいい」とニヤリとされる。

夕日が山の端に触れると、端のほうから溶けるように吸い込まれていくのが見えた。触れ合ったばかりなのにすぐに半分ほどになり、残り少なくなる。

赤みを帯びた西の空も、夜に侵食されていった。

昼と夜の二つの顔を持つ黄昏時《たそがれどき》の景色は、離ればなれだった恋人たちがようやく巡り会ったかのように一つになる。

「どこに行くんですか？」

「俺がついてるから心配ない」

心臓がトクトクと鳴っているのは、街灯がない暗がりへ向かっているからなのか、それとも別の理由があるのか。

田んぼが広がる郊外は民家もポツポツと点在しているだけだった。山道を入っていき、車を停《と》める。懐中電灯で足元を照らしながら、あぜ道をさらに奥へと進んだ。

段々畑になっていて、その奥に雑木林がある。

「あの……っ」

灯りがほとんどなくなると、さすがに足が動かなくなってきた。行き先では真っ暗な闇が待ち構えている。

「怖いのか？　だったら手ぇ繋いでやる」

いきなり手を取られ、有無を言わさず連れていかれる。

「い、いいですよ。子供じゃないんだから」

「俺に比べたらあんたの親父さんだってガキだよ」

軽口に不安が吹き飛んだ。手から伝わる体温も、一人じゃないという安心感に繋がっているのかもしれない。

司波の手はゴツゴツしていて、指も関節も太かった。しかもかさついていて、日々の労働を思わせる。柔らかな女性の手に心躍らせたことはあれど、同じ男に自分との違いをこれほど感じたことはない。

雑木林の中に入ってしばらくすると、司波は立ち止まった。灯りは、月だけだ。

「探すぞ」

たくさんの蟬が羽化するとはいえ、やはりタイミングよく羽化しそうな蟬を見つけられるとは限らない。不発に終わることも覚悟して、根気強く探した。

しばらく辺りを歩いていると、大きな木を見つけた。桜だろう。ただし枯れかけていて、葉がほとんどついていない。

「こんなところに一本だけってめずらしいですね。せっかくここまで大きくなったのに」

「このデカさなら樹齢何百年だろうから、枯れてもしょうがないな」

不老不死の司波が、どんな思いでこの桜を見ているのかと思うと、言葉が出なかった。

「いたぞ。羽化しそうな奴がいる」

「えっ、どこっ？」

「ほら、根元」

よく見ると蟬の抜け殻と似た姿のそれが、ツメを引っかけながら桜の木を登っていた。一歩一歩。懸命に。

「これ、ずっと見てたら羽化するんですか?」

「ああ。綺麗だぞ」

辺りは暗かったが、今日は月が明るくて怖いとは感じなかった。隣には司波もいる。

「動かなくなりました」

「気長に待つんだよ」

司波は、ここに来る途中コンビニエンスストアで買ってきたおにぎりとお茶を出した。子供でなくとも、夜のピクニックに心が躍る。

「平気か?」

「ええ、ここなら大丈夫です。月も明るいし」

しばらく無言で蟬を観察していた。司波を見ると、羽化の時を待ちながら黙々とおにぎりを口に運び、咀嚼《そしやく》している。嚙《か》むたびにえら骨が浮かびあがった。

嚙まれたら痛そうだ。

「どうして暗いところや狭いところが駄目なんだ?」

「!」

なぜか後ろめたい気分になって目を逸《そ》らした。司波の視線が自分に向けられたのがわかる。

「さぁ、どうしてかな。もしかしたら、子供の頃に何かトラウマになるような経験をしたかもしれないんです。だから、それを調べようって言われてるんですけど」

「原因を知るのが怖いのか?」

はっきりと言われ、素直に頷く。そうだ。怖いのだ。普通じゃないレベルでそれらを恐れる原因は、とんでもなく恐ろしいことのように思えて、秘密の箱を開けられない。

司波は「そうか」と言っただけで、それ以上追及しようとしなかった。再び待つだけの時間が過ぎていく。

何時間経っただろう。うとうとしかけた頃、司波に「そろそろだ」と起こされた。

見ると、背中が割れてきている。それは次第に広がり、中に見える白い部分が少しずつ大きくなっていた。

「あ、すごい。出てくる」

ドキドキした。乳白色の躰は、ところどころうっすらと青みがかっている。青白い月の光を集めて生まれた妖精のようだった。ゆっくりと、だが確実に出てくる。

二つの黒い目が見えた時は、なぜか胸が締めつけられた。長い間土の中にいた蟬は、外の世界で何を見るのだろう。ひと夏の間、次の命を繋ぐために腹の器官を鳴らす。

夏になると世界を覆い尽くす蟬の声は、こんなに小さな生き物によってもたらされている。

「綺麗です」

脚を出し、ゆっくりと躰を反り返らせながら全体を露わにした。そこでしばらく動きはとまったが、また徐々に躰を元に戻しはじめる。

頑張れ、頑張れ、と心の中で声援を送った。

「翅《はね》が伸びるまであと二、三時間はかかるぞ」

「ですよね。でも全部見たいな。いいですか？」

「ああ、いいぞ。俺はどうせ死なないからな。いくらでも時間はある」

ふざけた言い方に小さく笑う。

ずっと見ていた。あまりにもゆっくりで本当に翅が伸びているのかわからなかったが、気がつくと脱皮したばかりの時と比べると変化している。

頑張れ。頑張れ。

何度も繰り返す言葉に、自分も勇気づけられる気がした。


真夜中になった。夜空に瞬く星は何か語りかけてきているようだ。

「綺麗だったなぁ」

雑草を踏み分けながら車を停めてある場所に向かう。微《かす》かに吹く風は生ぬるいが、盛夏にはまだ少しある今の時期だからか不快ではない。

「あれ」

車の傍《そば》に人影があった。五人。声から若い男性とわかる。手で制されて足をとめるが、遅かったようだ。気づかれた。

「あ～、いたいた～。見ぃ～っけ！」

感動の余韻も夏草の香りのする素朴な風情も喰い散らかすような、嫌な声だった。

五人は矢代たちに近づき、二人を囲んだ。連携の取れた動きは集団で狩りをする動物さながらで、酒臭い息が辺りの空気を加虐的な欲望に染める。

「ねぇねぇ、何やってんの～？　ていうか、何やってきたの～？」

「アンアンいいことしてきたんだろ？　俺たちも相手して……あれ、こっちも男じゃん」

「マジ？」

「両方男？　え？　え？　ちょっと待ってよ～」

ギラギラしていた。獲物をどう嬲《なぶ》り、どう辱めてやろうかと、歪《ゆが》んだ欲望を隠しもしない。

「ここって地元じゃアレの聖地って言われてるんだ」

「アレってなんです？」

「しらばっくれんなよ。ホモのカップルなんだろ？　どっちが掘られるほう？」

ヒャハハハ、と眉をしかめたくなる笑い声が、夜の空気に響き渡った。

痩せた金髪の男が、矢代の髪を指で梳《す》こうと手を伸ばしてくる。それをはね除けると、期待どおりの反応だったらしくさらに調子づく。

「なんだよ冷てぇな。あんたが女役っぽいけど、そこんとこどうなんだよ?」

「しゃぶってくれそうな顔してるもんな～。お願いしたら俺たちのもやってくれんの?」

「フェラは男にやらせたほうが上手《うま》いっていうからな。ね、そうなの? ねぇねぇ!」

「群れると威勢がいいな」

「おお、やっぱこっちが男役? ダーリンいいとこ見せるつもり～?」

司波のひとことで、男たちの興味が司波に集中した。

「お前らこそ一人じゃなんにもできねぇチキン野郎じゃねぇか。こんなところで五人で仲良くつるんで、ケツの穴舐《な》め合ってたか?」

「なんだとっ!」

「違うってのか? 随分仲睦まじく見えるぞ」

「やめてください!」

わざとだ。矢代を護ろうと、あんな挑発をしている。

「おいおい。カノジョはおとなしくしてろよ」

「放せ……っ、——ぐ……っ」

羽交い締めにされ、鳩尾《みぞおち》に一発喰らう。司波に加勢しようとしたが、殴り合いの経験などなく、たった一発で力が出なくなった。

車のボンネットに俯《うつぶ》せに押さえ込まれ「カノジョはここで見てろよ」と嗤《わら》われる。

「やめてください！　司波さんっ！」

殴る蹴るの暴行を受けても、司波は一切抵抗しなかった。ただ丸くなって自分を護っているだけだ。獣の息使いが闇を狂気の色に染める。司波の呻《うめ》き声に耳を塞ぐこともできない。

「つまんねぇな。見た目だけか」

「カノジョは許してやるよ。俺ら男には興味ねぇし」

司波が無抵抗すぎて張り合いがなくなったのか、男たちは地面に唾を吐いた。矢代は最後にもう一発鳩尾に喰らっただけだったが、それでもすぐに立ち上がれない。

悔しさに奥歯を嚙みながら男たちを見送ることしかできない自分に、腹が立った。

「司波、さん」

息を整えて司波に歩み寄ると、唇に滲《にじ》んだ血を手で拭いながら起き上がる。

「大丈夫だよ」

「どうしてあんな……っ」

「ああいうのは、泣いたり喚《わめ》いたりすると調子に乗るんだ。だから一方的にやられたほうがいい。そのほうが早く終わる」

「だからって」

「大丈夫だよ。俺はどうせ死なねぇからな」

蝉の羽化を見ていた時にも口にした言葉は、先ほどと違った響きで矢代の胸を貫いた。

どうせ死なないから。

自分を苦しめるためにこの言葉を口にした司波を、どうしたら救えるのだろう。

どうしたら。

「でも……っ、痛いんでしょう?」

目頭が熱くなった。これまでも、時折見せられた司波の自虐。

なぜ、司波は不老不死の薬を口にしたのだろう。なぜ、自分を罰するかのように振る舞うのだろう。どんな罪を背負っているのだろう。

「言ってたじゃないですか。お腹も空《す》くって。死ななくても痛みを感じるって……っ」

つらいのは司波なのに、涙が溢《あふ》れた。生きている証《あか》しのように、頬を伝うそれは熱い。

司波の涙はもう涸《か》れてしまったのだろうか。

「どうしてそんなふうに、自分を苦しめるんですか?　どうして……っ」

「なぁ、ああいう連中を軽蔑するか?」

「あ、当たり前です。これがもし男女のカップルだったら、どうなってたか」

「俺もあいつらと同じような人間だった」

言葉が出なかった。

心が死んでしまったかのように、司波の横顔からは感情がまるで見えない。

「俺は不老不死になる前、女を喰いものにしてた。そうやって生きていた。さっきの連中と変わらない。あいつは、そんな俺のために命を落とした。俺のせいで死んだ。だから、俺が死ねなくなったのは天罰だ」

その言葉から、司波が自ら薬を口にしたのではないとわかった。結果的にそうなっただけだ。そして、それを受け入れている。苦しむことが償いであるように。

「綺麗だったな、蟬の羽化」

「……司波さん」

「命ってのは、尽きるから美しい。俺はただ浅ましく生き続けるだけなんだ」

近づけたと思ったのに、離れてしまった気がした。遠くに行った気が。

「帰るぞ」

かける言葉が見つからず、黙ってついていく。

車に乗る寸前、柵の間に渡してあるロープに蟬の抜け殻が引っかかっているのに気づいた。

ここで羽化したらしい。

司波の心も、とうの昔に誰かのもとへ飛び立ってしまったのだろうか。

ここに抜け殻を一つ残して。

死なせてやりたい。失った誰かを想いながら生きる、自分を罰しながら生き続ける司波の命を終わらせてやりたい。

想いは切実に突き上げてくるが、矛盾する痛みがあることに気づいた。二人で過ごす中で新たに芽生えた気持ち。

それは生きながらえる司波への憐憫《れんびん》なのか、それとも——。


死ぬからこそ生きる命は美しい。永遠の命なんて、浅ましいだけだ。

蟬の羽化を見た夜のことを、司波は後悔していた。

悪いことをした。あんな顔をさせたかったわけじゃない。死ぬ方法を一緒に探すと言ってくれたのに、恩を仇《あだ》で返すような真似をしてしまった。

これまで誰にも苦しみを打ち明けたことはなかった。そもそも、自分が不老不死だと明かしたこともない。それなのに、なぜ。なぜ。わからない。

長く生きてきた経験は、蟬の羽化を見せてやりたいと思った相手を、矢代を前にすると、意味をなさなくなる。

少年時代に戻ったような戸惑いに襲われるのだ。

透明な川の流れに何かを見つけた時のように。日の光を反射させながら、しなやかに泳ぐそれを掴《つか》もうとしても、指の間をすり抜けていく。何かいいもののはずなのに、その正体がなんなのかわからない。

ただ一つ、はっきりしていることはある。

以前ほど『死』を強く望んでいない。

司波の心を蝕《むしば》んできた自責の念を忘れる瞬間が、確かにある。

闇を恐れる矢代の手を取って歩いた。あの時感じた胸の高鳴りは、かつて葦の群生する場所で彼を待っていた時のものと似ている。

惨殺された幼馴染《おさななじ》みの骸《むくろ》を抱きかかえて泣いた時の、虚《むな》しさに心が崩れていく感覚は忘れていないのに。どす黒い恨みの念に染められた心は、今も濁ったままなのに。

彼の人の想い出だけを頼りに、不死という呪われた肉体を背負いながら生き続けてきた。

今は、矢代に安らぎを感じている。

ささやかな幸せを享受する資格すらないのに。

こんなことは初めてだ。

こんな気持ちになるのは、初めてだ。

「来週アパートが取り壊される？」

司波のもとを訪れた矢代は、司波の言葉をそのまま繰り返した。目が合った瞬間「見事なオウム返しだな」と言われて笑う。

会うのは蝉の羽化を見に行った日以来で、なんとなく顔を合わせづらかった矢代は、思いもよらぬニュースに気まずさを感じずに済んだ。

すでに引っ越しをした住人もいるようで、人が去ったあとの独特の空気が漂っている。立てつけの悪い廊下の窓。手洗い場のタイルの染み。置きっぱなしのバケツにかけてある雑巾はカラカラに乾いていた。

窓から入り込む光が、お疲れ様と言うように取り壊されるのを待つだけの場所を優しく照らしている。

「そんな顔するな。しばらくネットカフェなんかで過ごすよ」

矢代が抱えていた段ボール箱を見た司波は、それを持ってくれた。マンションを出る時は楽勝だと思っていたのに、今は手が痺《しび》れている。

「でもどうしていきなり」

「いきなりでもないんだ。前々から話はあったんだが、俺が悠長に構えてた。戸籍がなくてもアパートを借りる手段はある。そのうち見つけりゃいいよ」

矢代にとって曰《いわ》くつきのトイレのドアは、今は閉まっていた。夜に見た時より、ずっと明るくて清潔だ。

矢代の視線に司波も思い出したらしく、口許を緩める。

「ま。ここは長いし想い出もあるから出ていくのは少し寂しいけどな」

絶対にからかっている。絶対に。

わざと意味深な目を向ける司波への反撃は、大人の対応だ。

「次が見つかるまでうちに来ますか？　寝る時に灯りつけますけどそれでいいなら」

「親切だな」

「司波さんと違いますから」

ククッ、と笑ったあと、司波は「本当に甘えるぞ？」と言う。

頼ってくれた。それが嬉しくて、いくつものゴムボールが弾《はじ》けるように、心が躍る。

「もちろんです」

「で、なんだこれ」

「中西《なかにし》先生に送ってもらいました。人魚じゃないのもありますけど、不老不死伝説についての資料で。お知り合いから借りたそうです」

「中西？」

「ゼミの先生ですよ。小室先生を紹介してくれた教授」

「あー、そうだった。悪い悪い」

促され、部屋に入る。

「そういえばフィールドワークですけど、現地集合になりました。いきなり三人で行くより小室先生が先方に伺ってからのほうがいいだろうって」

「そうだな。慣れた人間が先に行ってくれたほうがいい。行き先は和歌山だったよな」

「はい。ルート検索しときました。先生は深夜バスって言ってましたけど」

「仕事があるから新幹線だな。交通費は俺が出すよ」

司波は早速段ボール箱を開けると、中のファイルを取り出した。半分ずつ目を通すことにする。しばらく無言で読んでいたが、司波の気配が落ち着かないのに気づいてそちらを見る。すると、ファイルを見ながら仰向けになったり俯せになったりしている。こちらに背中を向けて片肘ついたところで声をかけた。

「資料読んでます？」

「読んでるよ。タバコ吸っていいか？」

「いいですけど、吸うんですね」

「昔はみんな当たり前のように吸ってたからな。今はどこで吸っても犯罪者みたいな扱いだから、仕事が終わった時くらいしか吸わなくなった」

カチ、と音がしてタバコの匂いが漂ってくる。窓を開けているからあまり煙たくはないが、慣れない。司波は時代の移り変わりの中を生き続けてきたんだと思った。

「ん？　やっぱ臭いか？」

「いえ。今までタバコ吸うの気づかなかったから」

「吸ったあとは消臭してるからな」

傍にあった消臭スプレーを振るのを見て、意外に細かい気遣いをするんだと笑った。再び資料に目を戻すが、視界の隅でもぞもぞと司波が動いている。

「やっぱり読んでないですよね？」

「ばれたか？」

悪びれず資料を畳んで仰向けになると、タバコをスパスパと灰にした。

「引っ越しの準備もあるからな」

「だったら先に引っ越しの準備しときます？　どうせしばらくうちに来るんだし」

「お。いいなそれ」

少し弾む声に、宿題をサボる小学生みたいな無邪気さを感じて笑う。

「悪いな。飯なんでも奢《おご》るから」

「何奢ってもらお」

そうと決まればとばかりに引っ越しの準備に取りかかる。

運びだすものは衣類くらいで、たいした荷物はなかった。それでも終わる頃には太陽が西の空に傾いている。これでいいのかと思いながら、近所の台湾《タイワン》料理店で夕食を取った。

麻婆茄子《マーボーなす》が絶品で、香ばしく素揚げされた茄子と花山椒《はなさんしょう》の効いたタレは本格的だ。もっちりとした食感の水餃子《すいぎょうざ》にはセロリのみじん切りとフライドオニオンが載っていて、ポン酢との相性もいい。

料理を堪能していると、厨房から中国語で男女が言い争っている声が聞こえてきた。結構な激しさだ。

「あの……大丈夫ですかね？」

「気にするな。三回に一回は夫婦喧嘩《げんか》に遭遇する」

「え、嘘」

「親子喧嘩もあるぞ」

人目を憚《はばか》らず言い合っているのがおかしくて、鶏肉《とりにく》のピリ辛炒《いた》めが運ばれてきた時は思わず笑いそうになった。怒りながら作っても料理は絶品だ。

「あ～、美味しかった。ごちそうさまでした。久々に本場の中華食べたって感じです」

「台湾人の夫婦と娘二人で回してるんだ。夜九時頃行くと、娘の旦那も子供連れてきてボックス席に家族揃《そろ》って飯喰ってるぞ。客が来ると親父さんが中断して料理を作るんだ」

「家族経営かぁ。なんだかあったかいですね」

店を出てアパートに戻る道すがら、公園で花火をする親子に出くわした。白い煙と火薬の匂いに、子供の頃を思い出す。

長い長い夏休み。必ず一度は家族でしたっけ。

「するか？」

「え？」

「花火。羨ましそうだぞ」

「いいですよ、子供じゃないんだから」

「コンビニあるから寄ろう」

すると言っていないのに、司波は一番大きな花火のセットを買ってきた。季節がら品揃えはよかったようで、円柱型のビニールの袋にたっぷりと入っている。

「二人でこんなにするんですか？」

「住人はほとんど残ってないんだ。多少騒いでもいいぞ」

バケツに水を汲《く》んできてアパートの庭に向かう。花火をするのは、何年ぶりだろうか。

打ち上げ花火から小さな子供でもできる手持ち花火まで種類は豊富だ。一瞬で燃え尽きる美しい光に魅入られ、次々と火をつけていく。子供の頃は親に禁じられていた両手持ちをし、振り回してふざけた。

けれども、やはり最後は線香花火がいい。

存分にはしゃいだあとの静けさに包まれた場所に、直径数ミリの太陽が浮かび上がる。重そうなオレンジ色の火種は、ブルブルと震えながら光の柱を放ちはじめた。

風情のある線香花火の囁《ささや》きに耳を傾ける。

「結局ほとんど資料読みませんでしたね」

「天気がいい日に部屋に籠もって資料読みなんて、もったいなかったんだよ」

だったら死ぬのをやめましょうよ。

思わず声に出しそうになり、零れた自分の本音に直面する——死ぬのをやめましょうよ。

司波を見ると、一瞬で消えていく命を眺めていた。

やっぱり死にたいのだろうか。

聞きたくても、聞けない。聞いていい話でもない。

ざわざわと波立つ海が胸の奥に広がっていた。砂を巻き上げ、寄せて返す波に運ばれてきた海藻のように、心の奥底に隠れていたものが打ち上げられる。

死なないで欲しい。

生きていて欲しい。

言葉にする勇気のない気持ちは、ポツンと力なく横たわるだけだ。こんなもの、届けていいわけがない。渡していいはずがない。こんなみすぼらしいものを。

「来週のフィールドワークまで自分で読んでおくよ。半分諦めてたけど、ちゃんと調べるとまだ知らないことが多いんだな」

そのうち有力な手がかりが見つかるかもしれない。死ぬ方法が見つかるかもしれない。そう思うと心は水分を失い、残るのは草木の枯れた大地みたいな寂しい風景だけだ。

もし、司波が目的を達成したら――。

想像すると苦しくなった。司波はすでに百五十年ほど生きている。今見つけなければ、再び一人で死ぬ方法を探しながら彷徨うことになる。孤独に生きることがどれほどつらいか想像できるのに、自分勝手な望みを抑えきれない。

「熱っ」

線香花火の火種が、サンダルを履いた足の指先に落ちた。

「大丈夫か?」

「ぼけっとしてて」

「冷やすぞ。痛いだろう?」

「大丈夫です」

すぐ近くの水栓まで行き流水で洗ったが、ジンジンとした痛みが残った。火傷《やけど》したのはわずか数ミリの範囲なのに、その存在を忘れさせてはくれない。

司波の気配が矢代のパーソナルエリアを破り、いとも簡単に入ってきたのがわかった。

微かなタバコの匂い。店では吸っていないのに、服にでもついていたのだろうか。

他人に近づかれたら不快なはずなのに、司波なら許容できる。

「あの……」

目が合って、逸らせなくなった。出会った時には仄暗《ほのぐら》さが沈んでいた瞳には、今は違う色が浮かんでいるように見える。線香花火の火種のような、ジリジリした熱に感じるのはただの思い違いだろうか。

司波の視線が自分の唇に移った瞬間、人の声が聞こえてきて、とまっていた時間が再び動きだす。

散歩だろう。老夫婦らしい二人が前の道を歩いていく。

「あとで薬塗っとけ」

「そ、そうですね」

キスされるかと思った。しかも、応じようとしていた。

ジン、と小さな火傷の傷が疼《うず》く。それは心の奥に燻《くすぶ》る想いと共鳴していた。

フィールドワーク当日。駅で落ち合った二人は弁当を買って新幹線に乗った。和歌山県には新幹線の駅がないため、一度新大阪《しんおおさか》に出てから在来線に乗り換えることになっている。

司波はいつもと変わらない様子で、どこかホッとする気持ちで座席に座った。

「天気がいいな」

「ええ、今日も暑いですね。まだ午前中なのに」

「ま、ゆっくり行こう」

先に現地に入っている小室とは、午後三時過ぎに合流する予定だ。乗り換えも多く移動時間も長いが、車窓を流れる景色を眺めながら駅弁を食べる時間は穏やかで、しばし自分たちの目的を忘れて楽しむ。

新大阪駅でお決まりのごとく迷子になり、なんとか目的地へ向かう電車に飛び乗ることができた。予定より三十分以上過ぎて現地に着く。

小室は訪問先の家の人と軽トラックで駅まで迎えにきてくれていた。荷台に乗って移動するのは初めてで、それだけでも楽しかった。照りつける日差しは強いが、あぜ道の両側に広がる水を貯《たくわ》えた田んぼから吹く風は、エアコンの冷風にはない優しさで汗を引かせてくれる。

「わ、すごい」

着いた先は、広い庭のある日本家屋だった。聞くと、築百年以上だという。天井には立派な梁《はり》が通されていて、文化財としての価値もありそうだ。座敷童《ざしきわらし》が出たら納得する。

「こっちだよ。紹介するね」

小室は自分が家の人間であるかのように、二人を奥へ案内した。待っていたのは、昔話に登場しそうなしわくちゃの老婆だった。年齢は九十五歳だが、昼間は庭の畑で野菜を収穫することもあるという。

「お婆ちゃん、先生のお知り合いもいらしたわよ」

「いらっしゃい。どうぞ座りなさって」

お茶と漬物が出された。庭で取れたキュウリと茄子をぬか漬けにしたものだ。

小室は二人が到着するまで畑仕事を手伝っていたらしい。すっかり仲良くなったようで、世間話から入り、子供の頃に祖母から聞いたという伝説について調査を始める。

小一時間。どうやって八百比丘尼が死んだのか新しい説は聞けなかったが、明日は別の老人が話をしてくれるらしい。希望はある。

「もう終わった？　お婆ちゃん。皆さん、お夕飯の準備するから手伝って」

宿泊場所は小室が手配すると聞いていたが、どうやらここにお世話になるようだ。戸惑ったが、親戚の子供に言うみたいにあれを運んでこれを持っていってと命令されると、不思議と素直に甘えられる。

「男連中は飲む口実があればいいんですよ。よかったらつき合ってやってください」

大広間の座卓に料理が並び、親戚や近所の人が集まってくる。夕方には宴会が始まった。

ビール一杯で赤くなる男より、いくらでも飲めるといった男のほうが飲ませ甲斐《がい》があるのだろう。司波が二人の男に捕まって両側から次々と酒を注《つ》がれているのが見えた。

「あ、小室先生。そういえば町が発行した資料が蔵に残ってたってお婆ちゃんが。大分前だけど、八百比丘尼について書いてあるのが混ざってるそうです」

「え、本当ですか？　見たいな」

「出すの忘れてて。段ボール箱二つに入れて入り口のところに置いてます」

「僕が取ってきましょう。矢代君も一緒に来てもらえるかい？　司波君はあの人たちが放してくれなさそうだし」

「いいですよ」

小室と一緒なら行ける。

宴会を抜け出し、懐中電灯を持って外に出た。生ぬるい風はアルコールで火照った躰を冷ましてはくれなかったが、むんとする夏草の香りを運んできてくれた。夏休みの匂いだ。

「今日はありがとうございました。おかげでいろいろ話が聞けました。取材先を見つけるのって難しいらしいから」

「彼は幸運だね。君のように夢を後押ししてくれる友達がいるんだから」

「すみません。俺までついてきて」

「いいんだよ。僕は研究ばかりで友人がほとんどいないから。妻にも愛想を尽かされちゃってね。バツイチだよ」

あはは、と小室は笑った。離婚歴があるとは聞いておらず、一瞬言葉につまる。

「そうだったんですか」

「あ、でも娘は僕を応援してくれてると思う」

「へぇ、娘さんがいらしたんですね」

聞くとまだ六歳だという。かわいい盛りだろう。いつもより表情が崩れている。水泳が得意で、ホットケーキが大好物なんてことまで教えてくれる。

「妻にも応援して欲しかったんだけど、こればかりはね。強要できないし。君はどうして司波君をそんなに応援できるんだい？」

即答できなかった。不老不死の司波の苦しみを目の当たりにすれば、誰もが手を差し伸べたくなるだろう。けれども本音を言うわけにはいかない。慎重に言葉を選ぶ。

「そうですね。俺は夢が持てないっていうか、だから彼を後押ししたいんです」

嘘ではなかった。

成長するに従い夢を描きにくくなった。悪化していく暗闇や狭い場所への恐怖は、どうやって社会生活を送ればいいのだろうという不安ばかりを大きくしていく。それでも塾の講師として働いていた頃は、やり甲斐を感じられた。

結局、この持病のせいで失ったわけだが。

「そうだったんだ」

「すみません黙ってて。研究室の奥にある資料室で息苦しいって言ったのは、先生のせいじゃないんです。もともとあいう場所が苦手で」

「じゃあ、ここから先も行けない？」

「大丈夫です。一人じゃないし、懐中電灯も……」

言い終わらないうちにゾクリとした。蔵の白壁が闇にぼんやりと浮かび上がっている。それを見た瞬間、息苦しくなった。こんなことは初めてだ。

「すみません、やっぱり……無理かも。おかしいな」

足が竦《すく》んで動けなくなった。今までは誰かが一緒なら、ここまでの恐怖は感じなかった。

「僕が見ても不気味だし。いいよ、ここで待ってて」

「え、でも……」

ここに一人でいるのすら怖い。敷地の中に建っているが、すぐ向こうには竹林が広がっていて、何か恐ろしいものが迫りくる予感を矢代に抱かせた。

心臓がドクドクと鳴り、汗が背中を伝う。手のひらもじっとりと濡《ぬ》れていて、意識しないと呼吸が思うようにできない。

駄目だ。悪い兆候だ。こうなるとパニックに陥る可能性が高い。

「矢代君?」

大丈夫と言おうとしたが、そんな余裕すらなかった。怖いのは広がる竹林ではない。蔵だ。蔵の中に何か恐ろしいものがいる。恐ろしいことが起きている。

崩れるように地面に膝をつく。

「はぁ、……っ、はぁ……っ」

「大丈夫かいっ、今人を呼んで……」

「——おい！　矢代っ！」

司波だった。二人で蔵に行ったと聞いて追いかけてきたのだろう。思わず縋《すが》りつき、血が滲むほど頬骨の辺りを引っ掻《か》いてしまった。それでも司波は矢代を支えてくれる。

「ああ、よかった。急に具合が悪くなったみたいで」

「大丈夫か？」

「は、はい」

蔵を見た。何か、記憶の奥底で何かが蠢《うごめ》いているような、そんな感覚だった。ひどく嫌な空気だ。

手を握られ、深呼吸する。少し落ち着いたところで、司波が矢代に荷物を取ってくるよう促す。目的のものを見つけてすぐに戻ってきたが、かんぬきと錠前の音を聞いた瞬間、それは何かの引き金のように作用する。

閉じ込められる。出られなくなる。

「し、司波さん……っ」

「大丈夫だ。俺がいる」

司波がしっかりと手を握っていてくれなければ、無様な姿を晒《さら》すことになっただろう。塾で子供たちのちょっとしたイタズラにパニックを起こした時のように、我慢できない恐怖に躰が震えた。

なぜ。どうして。

蔵より狭い場所でも耐えられるのに。なぜ、あの場所なのか。何があるのか。

その日、矢代は宴会には戻らなかった。翌日も予定を切り上げて先に帰り、担当医の仁井原《にいはら》にアポイントを取り、三日後にクリニックを訪れる。

「心は決まった？」

「はい」

ヒプノセラピーを受ける決心ができたのは、このままではいられないと思ったからだ。

蝉の羽化を「綺麗だったな」と司波は言った。花火をし、フィールドワークに向かう途中でも車窓を流れる景色を一緒に楽しんだ。

美しいものを美しいと感じられる心がある人を、一人にしたくない。助けたい。その心を救いたい。それには、まず自分が抱えている問題を解決しなければ。

そして何より、自分のために克服する。そう決めた。

矢代の部屋に居候させてもらうことになった司波を訪れたのは、小室だった。

来客は無視しようと思ったが、モニターに映る小室の姿にオートロックを解除した。

「あ、君だったんだ。矢代君はいる?」

「今出かけてますけど」

「そっか。近くまで来たから電話したけど出なくて」

「電源切ってるかも。居候の俺が言うのもなんですけど、どうぞ上がってください」

ドアを大きく開けて中に促す。

小室は持っていた紙袋を座卓に置いた。中にはファイルがいくつか入っている。

「ちょうどよかった。君に追加の資料を渡すよう頼もうと思って。住所は教えてもらってたから郵送しようと思ったんだけど、こっちに来る用事があったから持ってきたんだよ」

「ありがとうございます。なんか飲みますか?」

お構いなく、と言われたが、コーヒーを淹《い》れた。小室の研究室にはインスタントの瓶がいくつもあったのを思い出したからだ。

「家主のいないところにお邪魔してコーヒーまでご馳走《ちそう》になっていいのかな?」

「小室先生ならいいんじゃないですかね。資料持ってきてくれたのに部屋にも入れずに帰ってもらったって言ったら、多分すごく気にすると思います」

「あはは。確かに彼ってそんな感じ。やっぱり友達だとわかるんだね。つき合い長いの?」

「まぁ、そこそこかな」

「どんな小説を書いてるんだい？」

「ファンタジーです」

「えっ、君がファンタジー？」

「妖精やかわいい魔法少女が出るような話じゃないですよ。死ねない人間を題材にしたものです。永遠の命を手にした男が主人公だから、八百比丘尼も調べといたほうがいいと思って」

自分の話をあたかも小説のネタのように話す。下手に作り話をするよりずっと信憑性《しんぴょうせい》があるだろう。疑われてはいけない。

「そっか。ファンタジーって幅が広いんだね」

隠蔽された司波の事件。極秘扱いとなり、人知れず死刑が決行されたが、不老不死の力を手にした司波は死ななかった。水も食料も与えられず何日も幽閉され、その扱いに当時の政府も困っていたところで、金と権力を持った人間が司波の躰を調べたいと言って身柄を移された。

そのあとは、誰もが予想のつく展開だ。

ひどい実験の繰り返し。恨みを募らせるだけの日々。子供、孫と受け継がれるように、拷問のような日々は、不老不死の解明に目の色を変える連中により、継続された。

結局、戦争時に建物が爆撃を受け、司波は自由の身となった。しばらくは自分を追う人間がいるのではないかと、気が休まる暇はなかった。だが、一度自由を手にした司波を捕まえるのは困難だと諦めたのか、それとも戦争の混乱で司波を追う余裕がなくなったのか、秘密を知る人間が全員死んでしまったのか、追っ手が来ることはなかった。

以来、人目を避けて生きてきた。誰も信用せず、誰を頼りもせず。

「でもびっくりしたよ。矢代君があんなふうにパニックになるなんて。よくあるのかい？」

「俺も詳しくは……。閉所とか暗所恐怖症っぽいのは知ってたんですけど、あんな状態になるのを見たのは初めてで」

小室の視線が、頬骨の辺りに注がれていた。矢代が縋りついた時に引っかかれて血が滲んだが、今は傷痕すらない。あの暗がりで見られたかどうかわからないが、不審がっているのなら厄介だ。面倒なことにならなければいいが。

「そっか。よくなるといいね。で、居候だって？」

探ろうとしているのか。単に好奇心が強いだけなのか。小室の質問はとまらない。

「アパートが急に取り壊されることになって、次見つかるまでですけど」

「大変だね。見つかりそう？」

「ええ、多分」

もし、司波の不老不死が公のものになったら、矢代も無事ではいられないかもしれない。秘密を知る者として、ありもしない情報を持っていると疑われ、拷問される可能性もある。今のうちに矢代から離れるべきだ。実害が出る前に。

惨殺された幼馴染みの姿が蘇り、溶岩のようにドロドロとした熱いものが胸の奥でうねりを上げた。いろいろな感情が交ざりすぎて、吐きそうになる。

「司波君？　平気かい？」

「あ、すみません。なんでもないです」

「じゃあ、僕はこれでおいとまするよ。彼によろしく伝えて」

「はい」

小室はあっさりと帰っていった。

やはりただの親切な研究者なのだろうか。自分の研究に興味がある人がいたら、嬉しくて手を貸したくなるのは当然かもしれない。

小室が使ったカップを洗いながら時計を見る。そろそろセラピーから矢代が戻る頃だ。少しは改善しているといいが。

手をとめて、矢代と花火をした時のことを思い出す。

キスしそうになった。

線香花火の小さな火種に火傷を負った矢代を見て、自分を抑えられなかった。部屋から漏れる光が差して、端正な顔に影を落としていたのが印象的だった。下を向いている睫《まつげ》は思いのほか長く、目の縁によく見なければわからないほどの小さなホクロがあった。

邪魔が入らなければ、矢代はどうしただろう。

自分がひどく不誠実に思えて、司波は眉根を寄せた。

幼馴染みがあんな形で命を奪われたのは、司波の病気を治そうとしたからだ。もし自分が病に倒れなければ、彼は医師になる夢を叶《かな》えただろう。

人を助けることに喜びを感じられる人間だった。医師は天職だったはずだ。

彼を忘れて別の誰かを好きになるつもりなのか。

いや、違う。もうすでに——。

それは受粉した雌しべが膨らんで実をつけるように、春になると雪解け水が流れ出すように、あまりにも自然に自覚した気持ちだった。

人は必ず死ぬという摂理を無視して生きる自分が、自然の摂理に逆らえないのと同じくらい抗《あらが》えない気持ちを胸の奥に抱いている。

どうしたら。

その時、鍵を開ける音がした。

「ただい……」

最後まで言わなかったのは、部屋が暗かったからだろう。

「どうして電気つけてないんですか?」

「あ、悪い」

まだ薄暗い程度だが、どのくらいこうしていたのかと呆《あき》れ、取り繕うように部屋の灯りをつける。シンクの前で佇《たたず》んでいた司波を不審に思っただろうが、矢代はあえて触れてこようとしなかった。

「夕飯どうします？」

「そうだな。何がいい？」

「俺、また中華が食べたいんですけど。あの店まで行くの面倒です？」

「夫婦喧嘩を見学したいのか？」

矢代は笑った。ただそれだけなのに、胸がつまって息ができなくなる。

自分のせいで失った人への罪の意識を覚え、これは抑えなければならない感情だと自分に言い聞かせた。

それでも矢代の喜ぶ顔が見たくて、二人で出かけた。


じっとりと湿り気を帯びた地面に、体温を奪われていくようだった。ぬるりとしたものに足が滑り、矢代《やしろ》はそれが何か確かめた。自分の血だとわかると、恐怖に見舞われる。

ガシャン。

かんぬきと錠前の音。閉じ込められた。二度と、ここから出られない。

自分の犯した罪で塗りつぶしたように、真っ暗な闇に包まれたその場所にいると、息苦しくてたまらなかった。誰かが自分から情報を引きだそうとしている。けれども、言ってはいけない。誰にも秘密を漏らしてはいけない。

人影に取り囲まれたが、それは形を崩して矢代に絡みついてくる。

いつまでも続く苦痛。助けて。誰か助けて。恐怖に支配される。それ以上に、罪深い己の行いを悔いる気持ちがあった。

取り返しのつかないことをしてしまった。取り返しのつかないことを。

俺は何をしたんだ？

思い出そうとしても思い出せない。

ああ、また来る。また、あの人たちが来る。

次こそ白状してしまうかもしれない。苦痛に耐えきれず、全部言ってしまうかもしれない。

ごめん。こんなことになって。

ごめん、俺のせいで、呪われた人生を生きることになるなんて──。

「──ごめ……っ」

自分の声に目を覚ました。

皓々《こうこう》とついた灯《あか》りを遮るように、司波《しば》の顔がすぐ近くにある。心配そうに覗《のぞ》き込んでくるのを見て、なぜかホッとした。

「大丈夫か？　うなされてたぞ」

「え、ええ」

そうだった。アパートが取り壊されるので、しばらくここに居候するんだった。

自分の躰《からだ》がこのまま床の中に沈んでいくのではないかと思うほど、疲労がのし掛かってくる。

ヒプノセラピーを受けたが手がかりになる記憶は蘇《よみがえ》らず、様子を見ながら続けていこうと言われて帰った。焦らないことが大事だと。

だが、あの日以来、うなされるようになっていた。

夢を見ていたのは確かだが、起きると内容は覚えていない。感情だけがはっきりと残っている。恐ろしく、迫り来るものから逃げたくて仕方がなかった。しかし、それ以上に強い感情が残されている。

ごめん。

誰に謝っているのだろう。何をしてしまったのだろう。

「変な夢見て」

これは幼少期の記憶なのか、それともヒプノセラピーの影響で見たただの夢なのか。

「夢？」

「死ぬほど怖かった」

安堵《あんど》するあまり思わず吐露し、口を噤《つぐ》んだ。

死ぬほど、となんて軽々しく口にするものじゃない。どれだけ望んでも永遠の命から逃れられないでいる司波の前で、馬鹿なことを言った。気まずく感じていると、司波は矢代《やしろ》の気持ちを察したらしく、気にするなとばかりに軽く口許《くちもと》を緩める。

「どんな夢だ？」

無言で首を横に振った。やはり思い出せない。

ベッドが微《かす》かに司波のほうに沈んだ。触れていないのに、体温を感じる。隣にいるだけで、少し落ち着く。

「すみません。余計な心配かけて」

「居候させてもらってるんだ。夜中に叩《たた》き起こされるくらいわけないさ」

元気づけようとしてくれているのがわかった。軽口の中に隠された優しさ。

司波のこんなところが好きだ。

司波が、好きだ。

はっきりと姿を現した感情を、自分でも驚くほど冷静に受け止める。

取り壊される予定のアパートの庭で花火をした日に、死なないで欲しいと、生きていて欲しいと、強く願った瞬間があった。あの時、すでに自覚していたのかもしれない。

あの古びた建物と一緒に、この想いも壊してもらえたらよかったのに。

司波の心には、今も誰かがいるのだから……。

「何か飲むか？」

「そのくらい自分でします」

「いいよ、俺が持ってくるから。水でいいか？」

冷蔵庫のミネラルウォーターを取りに行く司波をぼんやりと見つめる。冷たい汗をかいたグラスを差し出されると、半分ほど飲んだ。

「すみません」

「謝るな。俺もあんたに助けてもらったろ？」

助けてなんかないのに。

「俺は司波さんの役には立ってません」

「そんなことはない。あんたと出会ってから、少し楽になった」

トクン、と心臓が鳴った。トクン、トクン。

どうしてそんなことを言うんだ。どうして。

「俺はあいつを失って、空っぽだった」

遠くを見るような目をする司波に、また胸が苦しくなる。視線の先にいる誰かは、どんな人だったのだろう。

「あいつが死んだのは、俺のせいだ」

「生きていても仕方がないって言ってましたよね。その人を失ったからって」

「幼馴染《おさなな じ》みだ。医者になれるはずだった」

「結婚とか考えてたんですか？」

思わず聞くと、司波は口元を緩める。

「男だよ」

「あ、そう……だったんですか。許嫁とかそんな人をイメージしてました」

赤ん坊の頃に妓楼《ぎろう》の前に捨てられていたこと。幼馴染みは一日違いで同じ場所に捨てられていたこと。兄弟のように育ったこと。

彼の話をする表情は穏やかで、それだけで司波にとってどんな存在なのかわかった。魂を通わせた相手。愛とか恋とか友情とか、そんな言葉で括《くく》られるものではない。だから司波は、彼を語る時に幸せそうな顔をするのだ。

けれども、その表情はある言葉を機に苦痛で塗りつぶされた。

「俺のせいで死んだ」

静かな叫びが矢代の心を貫く。声をあげて噎《むせ》び泣くよりも、ずっと痛々しかった。蟬《せみ》の羽化を見に行った時と同じだ。司波は大事な人を失った抜け殻だった。

「俺が不老不死の薬を飲んだのは、あいつが俺のために持ってきたからだ」

「え……」

「万能薬だと聞いてたらしい。俺は労咳《ろうがい》を患ってあのまま死ぬ運命だったから、どうにかして俺を助けようとしたんだろうな」

労咳——今で言う結核で、当時は不治の病だったはずだ。

誠実な彼は盗みを働き、司波を助けた。命をもって罪を償うことになったが、後悔しなかっただろう。けれども、残されたほうは違う。

司波が抱える苦しみは、単に不老不死だけじゃなかった。

「あんたに少し似ていた」

胸に先の尖《とが》った鉄の棒を突き立てられて掻《か》き回されているように、痛い。躰の中がぐちゃぐちゃにされる。

そんなこと言わないでくれ。

似ているだなんて、言わないでくれ。

消してしまいたい想いがあるのに、消せなくなる。

「会いたいですか?」

なぜ、こんなことを聞くんだろう。会いたいに決まっている。

司波は答えなかった。

「俺はその人とどのくらい似てるんですか?」

「どのくらいって」

「好きなら言えばよかったのに」

とまらなかった。

なぜ責めるように言ってしまうのか、わからない。一つだけはっきりしているのは、彼も司波を好きだっただろうことだ。でなければ、盗みを働いてまで薬を手に入れるはずがない。

「好きなら言えばよかったのに……っ」

「おい」

「その人が生きているうちに……、――ん……っ！」

唇を塞がれ、言葉を奪われた。思考がとまる。

頬に手を添えられ、さらに深く口づけられた。なぜこんなことをするのかと頭の片隅で思いながら素直に従う。

「……ぅん、……ん……」

搦《から》められる舌。逃げると、追いかけてくる。

唇も舌も柔らかいのに、凶暴で容赦ない。

「司波、さ……、……ぅん……っ、ん」

次第に甘さを帯びてくる自分の声に羞恥しながらも、応えたがる獣を押しとどめることはできない。矢代はいつしか自ら唇を開き、応じていた。いや、むしろ求めてすらいた。

「んん、……ん……っふ、……んぁ」

今だけは――。

あとでつらい思いをするだろう。きっと後悔する。わかっていたが、今だけは自分の気持ちに流されたくて、矢代は押し倒されるまま床に仰向けになった。


荒々しい口づけに酔わされながら、矢代は司波の重みを感じていた。

舌の根が痛くなるほど強く吸われ、唾液を飲まれ、ふやけるほど唇を貪られる。歯と歯がぶつかっても、構わず口内を舐《な》め回された。

さらに指を突っ込まれ、舌や歯茎を指先でなぞられる。

「んぁ、……ぁ」

自分が知るキスとは違うキス。

これは、獣の食事だ。

頬に手を添えられ、親指を奥歯に噛《か》まされた状態で再び口内を蹂躙《じゅうりん》される。

「……は……っ、……ぁあ……ぁ、……ん……ぁ……ぁ」

キスを介して、躰の中に熱を注がれているようだった。どう発散させていいかわからず、たまっていく一方だ。湿度の高いサウナみたいな場所に連れてこられたように、躰がカッカしていく。獣じみた息使いが、理性を溶かしてしまう。

自分の意思では、どうにもならない。

「んぁ……っ」

ようやく唇を解放されると、矢代はうっすらと目を開けた。無意識に探していたのは、ほんの今まで逃げようとしていたものだ。口の中に司波がいないことが足りなくて、乱暴ですらあった舌を欲してしまう。

「あっ！」

いきなり首筋に噛みつかれ、ビクンと躰が跳ねた。

汗ばんだ肌を舌がゆっくりと這《は》う。それそのものが生きているようだ。なぞられた部分から甘い戦慄が走り、声をあげてしまう。

司波は執拗《しつよう》に、そしてくまなく矢代の躰を調べ尽くした。

「あ……っ」

パンツのボタンに手をかけられて抵抗する。けれどもライチの皮でも剝《む》くみたいに、下着ごと脱がされた。外気に触れる機会のあまりない部分が晒《さら》されただけで、危機感と羞恥が同時に襲ってくる。

隠したいものを暴露される。自分の恥ずかしいところを見られてしまう。

「……っく」

尻を鷲摑《わしづか》みにされて強く揉《も》まれただけで、中心は鎌首をもたげた。この行為の先に何が待っているか知っているから。自分の気持ちを知っているから。

けれども、司波がなぜこんな行為に及ぶのかはわからない。

聞いてしまいたかったが、言葉で確かめれば何か大事なものが壊れそうだった。かろうじてバランスを保っている何かが、崩れてしまう。失いたくないものを、失ってしまう。

それがなんなのかわからないまま、矢代は従った。

いつの間にか、開襟シャツのボタンが外されていて半裸になっていた。たぐり寄せようとしたのが悪かったのか、奪い取られ、司波ももろ肌脱いで引き締まった肉体を晒す。

「俺は……女を、喰《く》い物にしてきた」

低く、やけに扇情的な声だった。

それがどういう意味で放たれたのか、わからない。

自分を責めているのか、そんな男だからこういう行為ができると言いたいのか。

矢代の中心はすでに張りつめていて、先端のわずかな切れ目から透明な欲望の証《あか》しが溢《あふ》れはじめていた。言い訳などできない。

司波の熱い手に包まれると、そこはすぐにも弾《はじ》けそうだった。躰への刺激もだが、司波に握られているという精神的なものが矢代を昂《たかぶ》らせる。

手を取られ、自分でも触れとばかりに中心を握らされる。弾力のある先端やくびれをありありと感じた。

ほらみろ、こんなだ。

そう言われている気がして、どんな抵抗の言葉も出ない。証拠を突きつけられたまま、さらに矢代が秘めた浅ましい欲望を表に引きずり出される。

司波の愛撫《あいぶ》が下へ下へ移動したかと思うと、それが行き着く先に気づいて慌てる。

「あ……っ、……そこ……は……、あ……あ……っ」

口に含まれた瞬間、床の上で躰を仰《の》け反らせた。恥ずかしいのに、欲しがる躰を抑えられない。矢代を知り尽くしているかのように、舌は弱い部分を執拗に、刺激してくる。

下半身が溶けてなくなってしまいそうだった。自分が漏らした透明な蜜と司波の唾液が、屹《きっ》立《りつ》を伝って下にある控え目な叢《くさむら》に消えていく。

「や……っ、……も……」

出る。

そう口にするより先に、矢代は爆《は》ぜた。唐突な爆発だった。ため込んだ熱が一気に弾け、引いていく。けれども完全に収まったわけではなく、躰の芯にある燻《くすぶ》りは静かにその時を待っていた。再び燃料を注がれる時を……。

司波は矢代が放ったものを口から手のひらに吐き出した。

すみません、と言おうとしたが、ティッシュで拭われると思った白濁は双丘を掻き分けた奥の蕾《つぼ》みへ塗り込められる。

「あっ」

息をつまらせながら、下を向いた司波の姿を目に焼きつけていた。

肩や胸板、腕の筋肉。自分とは明らかに体格の違う司波は、野性的な魅力に溢れていて心が濡《ぬ》れる。

「力を抜け。男も女も一緒だよ」

「――……ッく！」

無理だと頭を振るが、白濁を塗り込められた部分は本人の意思をいとも簡単に裏切り、誘惑に従おうとする。

固く閉ざした肉壁をジワリとほぐされ、少しずつ拓《ひら》かれていった。軋《きし》むような感覚があったが、唾液を足され、すぐに異物の侵入を許してしまう。

「ん……ぁ……っく」

自分の中に別の生き物が――司波がいる。たった指一本でも、自分でも触れたことのない部分を好き放題探られて被虐的な気持ちが昂った。

同時に、自分がどこまで許すかを知るのが怖かった。司波になら、どこまでも自分を拓いてみせる気がしてならない。

それをわかっているのか、司波は少しずつ、着実に矢代の躰をほどいていく。

「んぁ……ぁ、……はぁ……ぁ……、……っく」

甘ったれた声が漏れた。せがんでいるようでもある。

足を突っ張らせて痛みに身構えていたはずなのに、刺激されるごとに筋肉がほぐされるように心も受け入れる準備を始める。

「は、……はぁ……っ、ぅ……っく、……んっ」

両手で口許を覆って堪《こら》えようとするが、無駄だった。矢代の努力をあざ笑うように、指は一定のリズムで出し入れされ、そこは熱を帯びて貪欲な反応を見せはじめる。

ああ、嘘《うそ》だ。

指の出し入れに合わせるように、そこは強く収縮している。しゃぶりついているのと同じだ。

また、前も再び張りつめていて、たまらなく恥ずかしかった。後ろだけで、こんなになるのだ。浅ましくて嫌になる。

「ここは初めてか？」

耳元で囁《ささや》かれたしゃがれ声に、また射精してしまいそうだった。

「初めてか？」

もう一度聞かれ、何度も頷《うなず》く。

初めてだから。

自分が何を言おうとしているのか信じたくなくて、信じられなくて。それでも本音は溢れてしまう。

優しくして。

「ぁ……」

「大丈夫だよ。男も女も一緒だ」

膝を抱えられ、あてがわれる。弾力のある先端を押しつけられた瞬間、あまりの大きさに息を呑《の》んだ。それでも司波を受け入れようとしている自分が信じられない。

「ぁ……っく、……ぁあっ、あ、あ、あっ」

ジワリと熱が躰を焼こうとする。無意識に逃げるが、すぐに腰を摑まれて引き戻された。

「ぁあ……っく、あ、あっ」

腕を取られ、抱きついていろと促されて、首にしがみつく。

怖くて膝を閉じようとするが、引き締まった腰を締めつけるだけだ。鍛え上げられた肉体をまざまざと見せつけられる。

膝の内側への接触を許しただけで、自分のすべてを掌握されたようだった。

根元までゆっくりと、時間をかけて収められる。

「ぁあっ、あ、あ、あっ、……ぁぁああー……ッ」

躰が引き裂かれた瞬間、喉を仰け反らせて悲鳴にも似た声をあげた。同時に首筋を軽く噛まれて、また射精してしまう。

「あ、あ、……ぁ」

呆然《ぼうぜん》とし、自分の中の熱の塊がドクンドクンと脈打っているのを感じる。矢代を思ってなのか、しばらく挿入したまま動かないでいてくれたが、矢代の躰はすでに浅ましい獣と化している。乞うように締めつけるのを抑えられない。

「あぁ、あ、あぁ、はぁ」

また鎌首をもたげる自分をどう制御したらいいのか戸惑っていると、ズルリと出ていかれ、甘ったるい声が漏れる。

「――んあぁぁ……」

息をつく暇《いとま》を与えられず、再び根元まで収められて「あっ」と声をあげた。逞《たくま》しく突き上げられ、ズシリと重い衝撃で脳天を貫かれる。

もう無理だ。

また、漏れてしまう。

泣きながらやめてくれと懇願しても、躰は欲しがって啜《すす》り泣く。

構わず腰を引き、ゆっくりと侵入してくる。言葉を発することなく、ただ熱い吐息だけを漏らしながら腰を前後にじっくりと動かす司波の意地悪な抽挿に、自分がすでに夢中だと気づくまでに時間はいらなかった。

まだ欲しくて、もっと欲しくて、待ってしまう。

「司波、さ……ぁ、司波さん……っ」

「なんだ?」

「司波さん」

「イイのか?」

「ごめ、……な、さ……っ」

唇の間から漏れた言葉は、司波の心にいるだろう彼に向けてのものだった。見たこともない、はるか昔に亡くなってしまった人。絶対に越えられない人。

罪の意識と凄絶な愉悦の中で、矢代はただ貪った。

くそ、と小さくつぶやいたかと思うと、司波の容赦ない突き上げが始まる。

「ぁあ!」

怒りなのか、それとも後悔なのか。

「あ、あ、あ、やっ」

壊れてしまいそうだった。ハッ、ハッ、と獰猛《どうもう》な犬さながらに荒っぽい息をしながら、欲望をぶつけてくる。

目が合い、熱い眼差《まなざ》しを注がれると、心が焼けきれそうだった。

下半身が蕩《とろ》け、このまま溶けてなくなってしまいたいとすら思った。司波への思いごと、なくなってしまえば、と。

「……ぅ……ぅん」

濃厚に口づけながら、膝小僧が胸板にぴったりつくほど折り畳まれて、さらに深く押し入られる。身を差し出すことが償いになるなら、よかったのに。

切ない疼《うず》きに目頭を熱くしながら、同時に悦《よろこ》びに濡れる。

司波が自分の中で激しく震えたのがわかった瞬間、矢代もまた下腹部を震わせていた。


熱情に流された時間が終わると、司波はタバコを手に外に出た。

辺りは静まり返っていて、風になびく草の音すら聞こえてきそうだ。遠くから流れてくるバイクの走行音。パトカーのサイレン。

生ぬるい空気をジジッ、と蟬《せみ》の声が刺激する。

疲労のせいか、どこか足元がふわふわして現実味がなかった。躰の火照りが唯一、先ほどの行為を現実だと感じさせるものだ。

「くそ」

吐き捨てたのは己への苛立《いらだ》ちだ。

突き上げるたびに眉根を寄せて苦悶《くもん》する矢代を見て、自分を抑えられなかった。興奮が洪水のように襲いかかってきて、我を忘れた。浅ましい欲望の塊と化したイチモツを突き立てる行為に溺れた。

汚しているとわかっているのに、汚さずにいられない。

真っ白なシャツにインクを落としていくような気分だった。悪いと知りながらも抗《あらが》う術《すべ》がもはやなく、理性と躰が乖離《かいり》していくのを見ていることしかできない。

彼を忘れたわけじゃない。決して。

それなのに、なぜ矢代にこうも惹《ひ》かれるのだろう。

これまで一人で生きてきた。誰も信じず、誰にも頼らず。心を通わせたたった一人の人は、自分のせいで命を絶たれた。司波の心は、彼を殺した者への怒りで満ちた。

今も自分の大事な人を奪った連中への復讐心《ふくしゅうしん》は、消すことができないでいる。己の手で果たしたはずなのに。泣きながら許してくれと懇願させたのに。

収まらない怒りは、人間らしい心を司波から奪ったはずだった。恨む相手さえ失った心は死んだはずだった。

誰も寄りつかない沼地のように、静かだが、汚れきっていた。

しかし矢代は、そんな司波の心に投げ込まれた礫《つぶて》さながらに、ゆっくりと、深く落ちてきた。沼の底に到達すると、長い間沈静していた澱《おり》は巻き上げられ、攪拌《かくはん》され、酸素を送り込まれる。

二度と動くことはないと思っていたものが、一瞬だけ見せた変化。

それは、いつしかこんなにも自分を変えていたのだ。

『彰正《あきまさ》』

葦《あし》の群生するあの場所で自分を見つけた時に零《こぼ》された笑顔を思い出すと、苦しくなる。

復讐のために人の命を奪った時すら、これほどの罪悪感を抱きはしなかった。


起きた時、司波の姿はなかった。

躰は鉛をつめたように重く、それだけが昨夜の行為が夢でなかったことの証明だ。司波の姿を探したが、部屋には誰もいない。

ベッドを下りて水を飲みに行こうとして、座卓の置き手紙に気づいた。ドキリとし、恐る恐る手を伸ばす。心臓がトクトクと鳴っていた。

内容は、急な仕事で二週間ほど帰らないというものだった。欠員が出たため、夜中に連絡がきたという。大規模な工事で作業員は民宿を借り切ってそこで寝泊まりする。拘束時間も長く、日給もかなりいいから行ってくる、と。

それが本当なのか、顔を合わせづらくてこんな嘘をついたのかはわからない。

けれども、何も言わずに出ていかれなくてホッとした。昨夜の行為についてもまったく触れておらず、二週間後に帰ってきたら、何もなかった顔をして接することができるかもしれない。二週間あれば、心の整理ができる。

きっと、それがいい。そうすべきだ。自分に言い聞かせる。

昨日あんな行動に出た理由は、司波なりにあるだろう。だが、それを追及するつもりはない。

じゃあ、自分の気持ちは——。

目をきつく閉じ、深呼吸してその声を封じ込める。

翌日、セラピーの予定だった矢代は、司波のいない部屋を出て仁井原《にいはら》のクリニックへ向かった。抱き合った夜は昏々《こんこん》と眠りについたため夢は見なかったが、その日はうなされて目を覚ました。そのせいか、気分も躰も重い。

「夢？」

「はい、最近よく見るんです。今までそんなことなかったんですけど、自分の寝言で起きることもあって……でも内容は覚えてなくて」

いつものように診察室で向かい合って座り、最近の夢について話を始めた。観葉植物の青々とした葉を眺めていると、少しだけ気分が楽になる。

「まったく覚えてないのかい？」

「なんというか……感情は覚えてます」

「どんなふうに感じた？」

「怖いとか不快だとか。でも一番は、誰かに申し訳ないって思ってるんです。すごく悪いことを……取り返しがつかないことをしたって。例えば俺は過去に人殺しのような犯罪に手を染めて、それでこんな夢を……」

「そう単純に結びつけないほうがいい」

きっぱりと言われ、感情的になりそうだった自分に気づいた。自覚している以上に、不安なのかもしれない。

中断するかと聞かれ、首を横に振った。いつまでも弱い自分でいたくなかった。この問題を克服すれば、何か変わるかもしれないという期待もある。

「続けます。続けさせてください」

「無理しないようにね」

「もちろんです」

その日も、過去の記憶に接触を試みた。けれども夢が精神的な負担になっていたのか、仁井原の判断で早めに切り上げる。焦《じ》れったい気持ちもあったが、これもよくないと宥《なだ》められてクリニックをあとにした。

もどかしい。もどかしくてたまらない。

外は夏の盛りといった天気で、強烈な光で世界は白々としていた。アスファルトもビルの壁からも、反射してくる太陽の勢いはすさまじい。刺すように入ってくる。

日陰を選びながら駅へ向かって歩いていると、司波から着信が入った。

「司波さん？」

『今いいか？　頼みがあるんだ』

「はい」

最後に声を聞いてから二日も経《た》っていないが、久し振りな気がした。司波が矢代にとって大事な存在になっている表れだ。

用件は自分の代わりに小室《こむろ》とフィールドワークに同行して欲しいというものだった。急に行くことになったからどうかと、小室から司波へ電話があったようだ。

『仕事抜けられないんだ。行き先は埼玉《さいたま》なんだが大丈夫か？』

「わかりました。代わりに俺が行きます」

『悪いな』

背後でさっさと戻れと怒鳴る男の声が聞こえた。司波はもう一度「悪いな」と言葉を残して電話を切る。プツンと。ハサミで切るように。

そんなふうに感じるのは、司波との繋《つな》がりが糸電話の糸みたいに細いからだろうか。自分たちを繋ぐものは、いつでも簡単に切れる。切ろうと思わずとも、何かの拍子でぷっつりとなくなるかもしれない。

そして、覚悟をしていたはずなのに落胆を隠せない自分を嗤《わら》う。

死に方を探す——あの夜のできごとはなかったことにしようという意思表示だ。

わかっていた。そのつもりだった。

それなのに、この落ち込みようはなんだと自問する。けれども答えなど知らないほうがいい。

知らないふりをしたほうがいい。

司波のために、死に方を探そう。

今回こそ、何か手がかりが見つかるかもしれない。いや、なんとしても見つけるのだ。司波のために。

矢代はそう自分に言い聞かせていた。言い聞かせないと感情が溢れそうだった。

その願いが通じたのか。小室とともに訪れたフィールドワーク先で、永遠の命にピリオドを打った話を目にすることになる。


「こんなにたくさん見つかったんですかっ」

小室を差し置いて身を乗り出した矢代は、集まる視線に慌てて浮かした尻を椅子に戻した。

東京《とうきよう》から約一時間半。

連れてこられたのは埼玉にある歴史資料館で、語り継がれる人魚伝説の資料を豊富に所蔵していた。これまで公開されていないものが見つかったと小室に連絡をしたのが、ここの館長だ。

「お弟子さんは熱心ですね」

「弟子じゃないですよ。弟子になってくれたらいいなってくらい、真面目な人ですけど」

出されたお茶に手を伸ばし、ありがたく頂く。ほんのりと甘い玉露だった。

話によると、持ち込んだのは老夫婦だ。築何百年という古民家に住んでいた彼らは、終活を始めた。その際、骨董品《こっとうひん》など大量に保管してある蔵の整理をすることになり、査定に来た古美術商が金庫を発見したのだという。

開かずの金庫として代々受け継がれていたが、鍵がなく、どうせたいしたものは入っていないだろうと誰もが存在すら忘れていた。金庫を処分しようと扉をこじ開けて出てきたのが、これらの資料だ。家を継ぐ者がいたら、今もそのままになっていただろう。

貴重な資料として地元の歴史資料館に寄贈された。

「ご連絡ありがとうございます」

「いや、熱心に調べておられると聞いていたもんですから。どうぞ、ご覧になって頂いて構いませんよ。何かあったら呼んでください」

館長が立ち去ると、手袋をした小室が資料に目を通しはじめる。山を半分渡され、矢代も手袋を取った。開くだけでも慎重になる。

ページをめくる音がやけに大きく聞こえる部屋で、二人は長い時間を過ごした。小室は時折咳払《せきばら》いをするだけで、話しかけてこない。すごい集中力だ。

矢代も次第に資料に書かれてある世界にのめり込んでいったが、一つ目の山を読み終え、次の山に取りかかってすぐだった。トクン、と心臓が跳ねる。

これだ。

呼吸が一瞬とまったようになり、ゆっくり息を吸い込んで自分を落ち着ける。

載っていたのは、不老不死だった女が永遠の命を生きることに耐えきれなくなり、自らの命を絶った話だった。その方法も詳細に記してある。

一般的な説とは異なるもので、内容も具体的だったからか信憑性《しんぴょうせい》を感じた。

もし、これが本当なら司波は永遠の命にピリオドを打てる。楽になれるのだ。望みを叶《かな》えてやれる。

心臓がドキドキしていた。だが、それは高鳴りとはかけ離れたものだった。送り出された血液が心臓へ戻ることなく、躰の外へ流れ出しているようだ。手足が冷たくなる。

愛する人を失ったまま、永遠の時を過ごすつらさはわかっているはずなのに。

「……くん、……君。――矢代君っ！」

「え？」

呼ばれていたことに気づいて、慌てて顔を上げる。怪訝《けげん》そうな小室と目が合った。

「どうしたんだい？　そんなに深刻な顔をして」

「いえ、すみません。ただ……ちょっと集中しすぎて目が疲れたっていうか」

「かなりの量だからね。一般公開するのはまだ先だって言ってたから、じっくり読むなら今のうちだよ。休憩がてらコーヒーでも飲みに行くかい？　ホールに自動販売機があったよ」

「そうですね」

　館長に十五分ほどで戻ると声をかけたあと、ホールに向かう。人気《ひとけ》がなく、疲れを癒やすにはいい場所だった。缶コーヒーを買ってベンチに座ってぼんやりする。

「そういえばこの前は大丈夫だった？　蔵まで誘った僕としては責任感じちゃって」

「いえ、こちらこそすみません。驚いたでしょう？」

「まぁ、正直びっくりした。あそこまで取り乱すなんて……。でも、司波君が君を落ち着かせてくれたからよかったよ。怪我は大丈夫だった？」

「え？」

「怪我、したんじゃないのかい？」

　跪《つまず》いた時に擦り剝きでもしたかと思ったが、どこにもそんな傷はない。

「あ、いえ。特には」

「そう、それならよかった」

　行こうか、と促され、空き缶をゴミ箱に入れる。

その日は閉館ギリギリまで粘り、日が暮れる頃にマンションに戻ってきた。

「ただいま」

部屋には誰もいないが、司波の「おかえり」が頭の中で再生される。心の中かもしれない。

返事のない「ただいま」がこんなに寂しく部屋に落ちていくなんて初めて知った。

矢代は自分が埃《ほこり》のたまった無人の部屋になっていく気がした。

時間に取り残された司波が『死』を手にしたら、今度は自分がこの部屋に——この時間に取り残される。

風を通す人もいない。足を踏み入れる人もいない。何も動かず、外から入る光も音も、通りすぎていくだけだ。停滞した空気の中で、ただ乾いていく。

座ると二度と立ち上がれない気がした。それでも立っていられなかった。

ドサッと荷物を置き、ベッドに腰を下ろす。

戻れるなら、あの雨の日に戻りたかった。大丈夫だと言って立ち去ろうとした司波を、黙って見送ればよかった。そうすれば終わっていた。そもそも闇に慣れようと山道を運転なんかするんじゃなかった。

馬鹿な思いつきで出た行動が、こんなにも自分を苦しめるなんて。

深く項垂《うなだ》れ、頭を抱える。

どうしよう。

自分の中から湧き出た想いに胸がつまる。

どうしよう。

やるべきことはわかっているのに、とめられなかった。化膿《かのう》した傷から溢れる膿《うみ》のように醜く、異臭を放っている。

言わないつもりなのか。せっかく得た情報を司波に教えないのか。死ぬかもしれないのに。司波の心の奥にずっと大事にしまわれていた彼のもとへ行けるかもしれないのに。

何度自分を責めても同じだった。出てくるのは、たった一つの言葉だ。

どうしよう。

建設現場は、遅れを取り戻さなければという空気で殺気だっていた。危機感の共有すらあった。護岸工事が急ピッチで進められていて、怒号が飛び交うこともある。

正午になると、それまで仕事に向かっていた男たちの手が一斉にとまった。うるさく地面を掘り返していた重機は黙り、恐竜の標本みたいに動かなくなった巨体をその場に残すと斜面を下りていく。

「おい、司波。飯喰うぞ」

よく司波に声をかける男は、今日も例外なく誘ってきた。歩いて五分の場所にある弁当屋は、この現場以外からも肉体労働者が集まってくる。味が濃く、量も多いうえに注文してからが早い。列になっていてもすぐに順番が回ってくる。

「は～、今日も暑いなぁ。どこで喰う」

「あの辺の日陰がいいんじゃないですかね」

できるだけ涼しい場所を探して腰を下ろす。

唐揚げと焼き肉が載ったダブル弁当を見て「兄ちゃん若いな」と言われる。実はあんたよりずっと長生きだと言ったら、驚くだろうか。

「ふ～っ、汗だくだよ」

日焼けした顔の男は、五十過ぎだった。愛嬌《あいきょう》があり、司波があまり喋《しゃべ》らなくても一方的に話をする。前の現場はどうだった。今回はどうだ。家族はどうで、以前正社員で働いていた頃はこうで。特別興味のない相手だが、どんどん詳しくなっていく。

「早く帰って娘に会いたいよ」

「いくつです?」

「三つ。遅かったんだ。嫁が高齢出産でな」

司波は焼き肉を頬張った。薄切り肉にはタレがたっぷり絡み、タマネギとキャベツも親の敵のようにつめ込まれていた。唐揚げもボリュームがあって一口では入らない。醬油《しょうゆ》と酒とニンニクで味つけしただろう肉は柔らかく、ご飯が進む。

「一番かわいい時期でしょう?」

「ああ。パパ、パパってな。パパ大好き、なんて言われたらたまらんよ。パパのお嫁さんになりたいらしい」

「そりゃいいですね」

「は〜、だけどいずれどこの馬の骨ともわからん男に持ってかれるんだろうなぁ。あんたみたいなのならまだいいが、チャラチャラしたのなんか連れてきた日には、俺ぁ泣くに泣けん」

父親ってのは、娘が三つでももう嫁に出す心配をしているのか。捨て子だった司波には、親という存在がよくわからない。

「あんた、親御さんは?」

「いません」

「そっか。ご両親はもう亡くなってんのか。悪いこと聞いたな」

「いや、いいですよ。いないことに慣れてるし、会いたいとも思わないんで」

司波の言葉から、単に早く亡くしたのとは違うと悟ったらしい。同情の色を浮かべた。嫌な気はしなかった。

「あんたは会いたい奴《やつ》はいないのか?」

最初に浮かんだのは、矢代の顔だ。そのことに驚き、遥《はる》か遠い記憶の中にいる幼馴染みを裏切った気持ちになる。

「いますよ」

「これか？」

小指を立てられ、いまだにそんなジェスチャーをするのかと笑った。『女は愛嬌』と言われた時代もあったが、男も愛嬌だなと思う。

「違いますよ」

「じゃあなんだ？」

「恩人です」

「恩人かぁ。命の恩人。いいねぇ、そういうのがいるってのは」

命を救ってもらったわけじゃない。むしろ死ぬために協力してもらっている。

彼が救ってくれたのは、魂だ。灰色一色だった心に色を取り戻せたのは、矢代のおかげに他ならない。自分の見る世界が鮮やかな色を取り戻しつつあることを、これ以上隠せない。誤魔化すこともできない。

「なんだよ、考え込んで。やっぱりコレじゃねぇのか？　命の恩人だからって遠慮するな。好きなら好きって言えばいいんだよ。勢いも大事だ！　それに陰がある男はモテるぞ～。あんたみたいなのは女がほっとかねぇよ」

バンバンと背中を叩かれ、さらに肘で突かれて苦笑いする。

食べている間、ずっとこんな調子で勝手に想像して勝手に喜んでいた。酒の肴《さかな》ならぬ弁当の肴だ。けれども全部平らげると「今のうちに躰休めとく」と言ってタオルを枕にし、地面に寝そべっていびきを掻きはじめた。あっという間だった。

男が静かになると、蟬の声で辺りが満たされる。

周辺では、水揚げされたマグロのように、あちこちで作業員が寝ていた。司波も腕を頭の後ろで組んで仰向けに寝そべる。

目をつぶると、遠くへ行けた。矢代と羽化を見に行った場所も、今はこんなふうに蟬が鳴いているのだろうか。あと十五分ほどで、再び重機の金属音と地響きに包まれるだろう。この現場が終わったら自分がどうすべきか考える。

置き手紙だけで出てきてしまった。あんなことをしたのに。臆病な自分に呆《あき》れる。

恩人だからって遠慮するな。

男の言葉が蘇った。そう簡単じゃない。

自分のせいで命を奪われた幼馴染みへの気持ちは、今も色褪《いろあ》せていない。今も大事に思っている。心地よく響いてくる彼の声は、今もはっきりと思い出せるのに。

それなのに、なぜ矢代を好きになれるのだ。

矢代を抱いた時の興奮がただの肉欲でないのは確かだ。矢代をもっと知りたかった。

「――おいっ！」

男に叩き起こされ、目を覚ました。

「仕事再開するぞ。大丈夫か？　なんか苦しそうだったぞ」

「平気です。暑かったから」

いつの間にか深く寝てしまっていた司波は、急いで男を追った。日陰から出ると太陽の光が肌に刺さる。汗が噴き出し、強烈な日差しに細胞一つ一つが熱を持った。二十七歳のままの躰は攻撃的ですらある太陽も平気で、すっかり慣れている。

生きていると感じた。

まだ、自分は生きている。十分生きたのに。

なぜまだ生き足りないというように、こんなにも活動できるのか。老いとは無縁なのか。

その時、重機が不自然に傾いていることに気づいた。斜面に停《と》めてあるショベルカーだ。そのすぐ傍《そば》に、いつも司波を誘い、三つの娘の結婚相手を心配する愛嬌のある男がいる。

『チャラチャラしたのなんか連れてきた日には、俺ぁ泣くに泣けん』

キャタピラーがズルリと地面を滑るのが見えた。ゆっくりした動きだった。実際にそうだったのか、そう感じただけなのかはわからない。

男とそれを見比べ、即座に反応する。

まだ死んではいけない。娘が連れてきた男を品定めする日まで、あの男は生きるべきだ。

「危ない！」

どこかで声がして、刺すような日差しが遮られる。

ショベルカーの向こうに太陽がいた。木漏れ日のように小さく分散された光ではなく、太い腕の後ろに塊のようにある。

それが完全に隠れるのと同時に、ぐしゃっと頭蓋骨が潰れる音が聞こえた。

小室から軽く飲まないかと連絡が入ったのは、昼食後しばらくしてからだった。

司波に電話をかけたが出なかったらしい。戻るのは十日ほど後だと伝えると、せっかくだからと誘ってきたのだ。一人でいると鬱々と考え込みそうだったため「行きます」と返事をしたのが二時間ちょっと前。

「わ、もうこんな時間」

夕方のニュース番組を見ていた矢代は、慌てて支度を始めた。

リモコンをテレビに向けると、工事現場で起きた事故のニュースを読み上げていた。作業員が二人下敷きになったらしい。

プツン、と電源を切り、部屋の灯りをつけてからマンションを出る。昼間は容赦なく照りつける太陽も、この時間は随分と落ち着いていた。それでも熱気が辺りを漂っている。今日は熱帯夜になるだろう。

待ち合わせの店は奥まった場所にあり、迷った。小室が店の前で待っていてくれなければ通りすぎたかもしれない。料亭ふうの店で学生が騒ぐような雰囲気ではなかった。メニューを開いても、価格設定が少々高めだ。

店に入るとすでに席が用意されている。

「じゃあ、お疲れ」

「お疲れ様です。すみません、予約までしていただいて」

「いいんだよ。そのほうが気分的にゆっくりできるしね」

ビールで乾杯をし、突き出しに箸をつける。茄子《なす》を味噌《みそ》と絡めたそれはほんのりと甘みもあって、ビールというより日本酒が欲しくなった。小室は小魚を甘く煮たもので、そちらも上品な味つけらしく、二人して冷酒を注文する。

「夏バテかい？　疲れてるみたいだけど。この前会ったばかりなのに、誘って悪かったかな」

「いえ、全然。元気ですよ」

嘘だ。死ぬ方法を見つけられたかもしれないと伝えられないまま、この数日を悶々とした気持ちで過ごしている。

「ごめんよ、急に呼び出して。うちのゼミの学生よりずっと熱心だから、嬉《うれ》しくてね」

「いえ、こちらこそ助かっています」

「そう。彼は原稿進んでる？」

「どうだろ。俺は全然見せてもらえないんです。デビューしてからじゃないと駄目だって」

さりげなく予防線を張っておく。誘われて来たものの、これ以上小室と親しくするのはやめたほうがいいのかもしれない。深入りしすぎると、司波の秘密を知られるかもしれない。

「読みたいなぁ。もし彼がデビューして小説が雑誌に掲載されたら、読ませてもらえるよね」

「その時はきっと」

あり得ないとわかっていながら、平気で嘘をついた。

一時間ほど二人で飲んでいたが、他に客がいないことを確認してトイレに立った。ドアを少し開けたまま用を足す。こうなって長いが、情けない気持ちは少しも衰えない。

解決しなければならない問題ばかり抱えて、何一つ前に進まない。

トイレを出たところで電話が鳴った。司波からだ。ようやく見つけた死ぬ方法についてどうするか迷っていただけに、すぐに出ることができない。

「やっぱり言わなきゃな」

電話で話せる内容ではないが、手がかりを見つけたとだけ言えばいい。そうすれば、もう迷わなくて済む。言わなければならなくなる。

だけど、二度と逃げられない。

この期に及んで悪足掻《わるあが》きをする感情に、自分はまるで躾《しつけ》のなっていない犬に手を焼く飼い主だと思った。制御できず、ただ走りたがるそれに引き摺《ず》っていかれるだけだ。

矢代は、もともと人間関係を築くのが上手《うま》いとは言えない。闇と閉所への耐えられない恐怖心は恋愛においてもマイナスに働くばかりで、そちらの経験も少なかった。

それなのに、司波のような特別な事情を抱えた人を好きになるなんて。

いつか大怪我を負う。自分か。もしくは他人が。

着信音がとまり、我に返った。安堵するが、再び電話が鳴りだして観念する。

『矢代さんですか？　司波彰正さんのご友人の』

「え……」

聞き覚えのない男の声だった。司波の番号から知らない男がかけてくるなんて、嫌な予感しかしない。

『現場で事故に遭いまして』

「事故？」

聞くと、倒れてきた重機の下敷きになったらしい。目撃者の証言によると、司波が立っていた場所は少し離れていたが、近くにいた作業員を守ろうとしたようだ。重機が倒れる寸前、仲間を庇《かば》う司波の姿が目撃されている。

「あの、それってもしかして……」

マンションを出る前に見たニュースを思い出した。停めていたショベルカーが横転して、作業員二人が下敷きになったという事故だ。聞くと、そうだと言う。

まさかあの場に司波がいたなんて――。

どんな事故だったのか。思い出そうとしても、途中でテレビを消したため詳細はほとんど覚えていない。

「怪我はひどいんですか?」

『それが実は……』

一人は重傷だが命に別状はなく、司波は奇跡的に怪我一つ負わなかった。念のため精密検査を受けるため、今夜は一晩入院することになったのに姿が見えない、と。

『荷物は全部置いていってるから便所にでも行ってるだけかと思ったんだけど、司波から連絡があったら戻るよう言ってもらえますか? 事故原因の調査も入るから、勝手に消えてもらっちゃ困るんです』

「わかりました」

司波は不老不死だ。検査を避けようと病院を抜け出したに違いない。詳しく調べられると困ることもあるだろう。荷物を回収したほうがいいかと思ったが、司波のことだ。こんな時のために足がつかないようにしているはずだ。

「矢代君、大丈夫かい?」

「――っ！」

いきなり背後から声をかけられ、跳び上がるほど驚いた。こんなに近づかれるまで気づかないなんて。

「なかなか席に戻らないから、もしかして何かあったのかと。ここのトイレ狭いだろう？」

「いえ、なんでもないです。親から電話があって話し込んでしまっただけだから」

「事故がどうとかって」

「大丈夫です。ちょっと車ぶつけたみたいで」

「そう」

席に戻って再び飲みはじめたが、すぐにでもマンションに帰りたかった。けれども不自然だと思われてはいけない。店に入って二時間が過ぎるまで、何事もなかったかのように振る舞った。

「じゃあ、今日は誘っていただいてありがとうございます」

「またね。司波君にもよろしく」

店の前で別れ、タクシーを拾った。司波が戻っていることを願ったが、灯りのついた部屋は無人で、今日も「ただいま」が寂しく落ちていく。

司波がこの部屋で暮らすようになって気づかないうちに起きた変化だ。以前は、一人が当然だった。

帰ってくるだろうか。

ふと、そんな疑問が湧いてきて、不安になった。

もしかしたら、このまま司波は行方を眩《くら》ませてしまうかもしれない。電話の男は、事故調査が入ると言っていた。警察や労働監督をする部署が介入してくるということだ。

司波は戸籍を持たない。詳しく調べられると、司波の秘密が公のもとに晒される可能性は大きくなる。出会った日も、司波はいなくなろうとした。

二度と会えないかもしれない。帰ってこないかもしれない。

司波を捜す手段など、ほとんどないと言っていいだろう。

「司波さん……」

ベッドに座ったまま、祈ることしかできなかった。せっかく死ぬ方法が見つかったかもしれないのに。永遠の命の呪縛から解き放たれるかもしれないのに。自分勝手な思いから握りつぶそうとしたせいで、教えられなくなる。後悔した。言えばよかった。

どのくらいそうしていただろうか。インターホンが鳴った。慌てて出てみると、モニターには小室の姿がある。

店で別れたばかりなのに、不可解に思いながらもオートロックを解除する。

「こんばんは。ごめんよ、やっぱり心配で」

「いえ、すみません。心配って……父が車をちょっとぶつけただけらしいので」

「司波君は大丈夫だったかい？」

「え？」

「事故に遭ったのに、彼は無傷だったって？」

小室が電話の内容を知っていたことに驚いて何も言えなかった。立ち聞きされたのかもしれない。

「ニュースでやってたやつだよね？　電話で確認してたじゃないか。大きな事故だった。奇跡が起きたんじゃないのかい？」

「小室先生……あの、なんですか急に」

今までとは、明らかに違う。態度がおかしい。

「奇跡が起きたんだよね」

「だからなんの話ですか」

「お願いだから……頼むから、僕の娘にも奇跡を起こしてくれ」

「え？」

「君たちだけが頼りなんだよ。お願いだから、僕の娘を……」

意味がわからなかった。なんのことかもう一度聞こうとして、ギョッとする。

小室が握っていたのは、刃渡りが十センチ以上はあるかと思われるナイフだった。穏やかな口調に反して、柄を持つ手は強く握り締められている。震えるほどの力の籠めようだ。

抵抗すれば、何をするかわからない。

「司波君に会わせてくれ。乱暴なことはしたくないんだ」

思いつめた言い方に従うしかないと思うが、司波の居場所を誰よりも知りたいのは矢代だった。


ここは、どこだろう。

暗がりの中で目を覚ました矢代は、手を伸ばして壁を探した。ここがどのくらいの広さか知りたかった。閉じ込められていないと、確信したかった。けれども、すぐ壁に触れる。右も左も。膝は曲げた状態から伸ばせない。

次第に意識がはっきりしてきて、ここが棺桶《かんおけ》のような狭い場所だと気づいた。いや、車のトランクだ。

手足はビニール紐で縛られている。

「小室先生！　あ、開けてください！」

叩くが、反応はなかった。ここに連れてこられるまでの記憶を辿《たど》る。

ナイフで脅され、車で連れていかれた。トランクに入るよう強要され、自ら足を縛らされたあと両手を拘束されたのを覚えている。狭い場所に押し込まれて運ばれているうちに、あまりの恐怖に気を失ったらしい。

ここがどこなのか、手がかりすらなかった。声は狭い空間の中に閉じ込められたまま外に出ることができず、熱と一緒に籠もるばかりだ。温度も上がっているだろう。

暑い。嫌な汗が滲《にじ》んでシャツが濡れて気持ちが悪い。

その時、コンコン、と車体を叩く音がした。

「小室先生！」

ゴト、と音がして、トランクが開けられ、外の空気が一気に流れ込んでくる。生暖かかったが、外気というだけで生き返る気がした。

灯りを持った小室が視界に入ってくる。スマートフォンのライトだ。白い光のせいか、無表情に感じた。いや、冷酷と言うべきか。これから何をされるのかと思うと、足が竦《すく》む。

「逃げようとしても無駄だよ」

ナイフを見せられ、身を起こそうとした矢代は寝た状態のまま動けなくなった。

「どうして……っ、こんなこと、するんですか？」

「答えてくれ。司波君は不老不死なんじゃないか？」

「なんのことですか？」

「だって僕は見たんだ。君が引っ掻いた頬の傷がすぐに治ったのを」

ドクン、と心臓が鳴った。資料館のロビーで怪我は治ったかと聞かれたが、あれはパニックを起こした矢代のことではなく、司波のことだった。探りを入れられた。

だけど認めたら駄目だ。真実を言ってしまえば司波に危険が及ぶ。

ここがどこなのかだけでも確かめようと、辺りに目を遣《や》った。

空だ。星が見える。外でトランクを開けるなんて無防備だと思ったが、逆に言うと外で開けても誰にも見られない場所なのだ。

叫んでも誰にも声は届かないだろう。

遠くからジィー……ッ、とケラの鳴き声がしていることに気づいた。街の中心からは随分離れた場所らしい。

「僕の娘には時間がないんだ。娘は病に冒されてる。難病なんだよ。長く生きられない。助かるなら、どんな形でもいいんだ。どんな形でも……っ」

難病だなんて初めて知った。少しずつ、小室を取り巻く事情が見えてくる。

小室は病気の娘のためにこんな行動に出たのだ。離婚したと言っていたが、もしかしたら彼の考えが原因かもしれない。治療方針で夫婦が対立することは、めずらしくない。不老不死を信じ、娘のために八百比丘尼《やおびくに》の研究に没頭する小室に、彼の元妻はついていけなかったのだろう。

「だって、僕は長年八百比丘尼の研究をしてたんだよ？　娘が難病にかかったのは偶然なんかじゃない。神様が、長年重ねた研究を活《い》かして娘を助けろって言ってるんだよ。だから、娘は死ぬ運命じゃないんだ。そうだよね？」

「わかりません、知り、ません」

「彼はどうやって人魚の肉を手に入れたんだ！　今も持ってるなら僕にわけてくれっ！」

　取り憑《つ》かれていた。彼は娘が不老不死になることで命が助かると信じている。それが最善の道だと、信じ込んでいる。

「俺は何も知らないんです」

「嘘だね。知ってる。君は知ってるから、司波君と僕の研究につき合った。司波君が小説を書いてるというのも嘘だ。そうだろうっ！」

「ちが……っ」

「君が教えてくれないなら仕方ないね。司波君に聞くよ。部屋に君のスマホを置いてきた。一緒に暮らしてるんだろう？　いずれ彼とは話ができる。彼はここに来るよ」

　バタン、という音とともに視界が遮られた。再び狭い空間に閉じ込められてしまう。

「待って……っ、待ってください！　助けて……っ、お願いだから、助け……っ」

　次第に息が苦しくなり、呼吸がままならなくなる。怖い。怖い。このまま閉じ込められてもっとひどい拷問を受けるに違いない。

　同時に何か罪深いことをした気持ちになって、涙が溢れた。

自分は何をしたのだ。何を。

なんとか落ち着こうと深呼吸をした。落ち着け。落ち着け。繰り返し言い聞かせ、周りの状況を探ろうと耳を澄ませた。だが、何も聞こえない。

今頃小室は司波を呼び出しているだろう。もし、司波がマンションに戻っていたら、おびき出される。

来ちゃ駄目だ。不老不死を認めたりしたら駄目だ。ずっと隠してきたのに。ずっと逃げてこられたのに。

「来ないで、くださ……」

祈るように口にし、もう一度壁を叩く。

今ほど自分の無力さを感じたことはなかった。


部屋に残されたスマートフォンの着信音が、よくないことの前兆のように響いていた。

現場での事故のあと病院から抜け出した司波はどうすべきか迷いつつ、結局矢代のマンションに戻ってきた。

これまでの司波なら、行方をくらましていただろう。逃げて、また一から生活を築く。一番簡単だ。誰とも深い関係を結んでこなかったのは、それが容易にできるからだ。関係がないなら捨てるものもない。

それなのに、戻ってきてしまった。置いていけなかった。捨てられなかったのだ。

自分にとって矢代がどんな存在なのか、嫌というほど思い知らされる。後戻りはできない。

しかし、インターホンは反応せず、持っていた合い鍵で部屋に入った。部屋が真っ暗なのを見た瞬間、何か起きたと悟った。日が暮れてからしか戻れない時は、必ず部屋の灯りをつけていく。それが習慣だった。忘れるはずがない。

何かあったのか。

司波の懸念を肯定するような着信音は、鳴り続けている。

心臓が暴れていた。電話の相手が矢代であることを願った。「持って出るの忘れちゃって」なんて呑気《のんき》な声が聞こえてくるのを望んだ。しかし、そんなはずがないとも思っている。楽観してコトがいい方に動くなら、どんなにいいだろうか。

「もしもし？」

『司波君かい？』

この声は、小室だ。

「矢代は？」

『ここにいる。一人で来られるかい？』

「矢代と話がしたい」

『駄目だ。僕は君の頬の傷がすぐに治ったのを知ってる。フィールドワークで矢代君がパニックを起こした時の傷だよ』

やはり見られていた。だが、そんなことはどうでもいい。矢代の身の安全が最優先だ。

『怪我が一瞬で治った。そうだよね？』

「ああ、そうだ」

『工事現場での事故のことも知ってる。矢代君が電話で話しているのを聞いたんだ。奇跡的に作業員が一命を取り留めたってニュースで言ってたやつだよね？』

「そのとおりだ」

『君が不老不死だって認めたら、居場所を教えてあげる』

「認めるよ。全部当たってる。俺は死なない」

あまりにあっさり認めると痛くもない腹を探られそうだが、小室は意外にも素直に喜びを声に表す。

『本当だね！　君は死なないんだねっ？』

「ああ、そうだよ。何が望みだ。あんたの願いは全部聞いてやるから、矢代には手を出さないでくれ。俺はどうすればいい？」

あの時は助けられなかった。自分のせいで惨殺された。今度は必ず助ける。

居場所を聞き出すと、行くと伝えた。

再び目を覚ました矢代は、まだ閉じ込められていると思ってパニックになった。しかし、出してくれと叫んだ自分の声が辺りに響いて、トランクの蓋が開いていると気づく。

けれども、どんなに叫んでも誰の耳にも届かない。星がよく見える場所だ。

山荘だろうか。近くにログハウスのような建物がぼんやり見える。一棟だけで、その向こうには森が広がっていた。辺りに民家などないだろう。街灯らしき光もない。月が雲の向こうに隠れれば、真っ暗になる。

草を掻き分けながら近づいてくる気配がして、起き上がった。

「すまないね。本当に悪いと思ってる」

「だったら、俺を解放してください」

「するよ。でもまだだ。司波君は自分が不老不死だって認めてくれた。君を解放するのは、彼からもっと詳しく話を聞いてからだ」

司波が来ると知り、絶望的な気分になった。しかも、手足は縛られていて逃げ出せそうにない。待つしかないのか。

小室の電話が鳴った。相手は司波のようだ。近くまで来たらしい。小室が正確な場所を伝えて十五分ほどで、車のヘッドライトが見えた。それは、山道をゆっくりと登ってくる。タイヤが砂利を踏みしめる音が闇に響いた。

車は停車したが、ヘッドライトはつけたままだった。

「来ただろ。矢代を放してくれ」

光の中に立つ司波の表情はわからなかった。

「駄目だよ。不老不死になれたのはなぜだ？　人魚の肉を食べたのか？　どうやって手に入れた？　どこで手に入る？」

次々と質問を浴びせる小室からは、鬼気迫るものを感じた。これが最後のチャンスだというように、司波の可能性に縋《すが》っている。

「俺がこうなったのは薬を飲んだからだ。それが何かはわからない。万能薬と聞いた幼馴染みが、俺を助けるために盗んできた」

「肉じゃないのか？　ど、どんな薬だったんだ」

「なまぐさい茶色の粉だった。人魚の肉を干して粉状に挽《ひ》いたのかもしれない」

「もとの持ち主はどうやって手に入れた？　人魚はどこにいるんだ？」

司波は首を横に振った。小室が摑みかかっても、同じだった。

「知らない。わからない。俺は自分で手に入れたわけじゃない。手に入れた奴《やつ》はとっくの昔に死んだんだよ」

「――話が違うっ！」

小室の声が響く。それは静けさに呑み込まれ、再び何事もなかったかのような空気に包まれた。

「違わない。俺はただここに来ると言っただけだ。何かやると約束したわけじゃない」

「頼むから……っ、頼むから娘を助けてくれ……っ！　でないと彼は返せない」

「娘？」

司波が怪訝そうな顔をすると、先ほど矢代にしたのと同じ話をした。

森のほうからジジッ、と蟬の鳴く声が聞こえる。これから子孫を残すために腹の器官を鳴らして雌を呼ぶのだろうか。それとも、役目を終えてあとは死を待つばかりなのか。

「なるほどね。あんたが躍起になるわけだ。だけどな、小室先生。本当に娘が不老不死になってもいいのか？」

「だって……もうそれしか残ってない。治療できないんだ。僕の研究は、きっとこのためだったんだ。運命なんだよ。じゃなきゃ、おかしいじゃないか……っ。不老不死伝説を研究している僕の娘が難病になるだなんて、それ以外考えられない」

小室は本気でそう信じていた。どんな言葉も通じない。人は信じたいものを信じる。信じられる根拠があるかどうかなんて、関係ない。

「あんたの娘は気の毒だが、やめたほうがいい。娘が死ねなくなっていいのか?」

「死ぬよりいい!」

何を言っても無駄だ。小室は、人魚の肉を食べさせれば娘が救われると思っている。

「これを見ても本当にそう思うか?」

司波は隠し持っていたナイフを出した。嫌な予感がして慌ててトランクから転がり出る。

「司波さん!」

刺されると思ったのか、小室はすぐさま飛び退いた。だけど違う。司波は人を傷つけたりしない。

腕を振りかざした瞬間、ナイフの刃は月の光を浴びて青白く光った。鈍い音がする。

「やめてください!」

地面を這うように近づいていくと、司波が何度も自分を刺すところだった。血塗《ちまみ》れになった司波は苦しそうに呻《うめ》きながら両膝を地面につく。

呆然としていると、小室は司波の脈を取ってこちらを振り返った。

「い、生きてる。すごい! 矢代君。司波君は生きてるよ!」

希望を宿した目は、異様だった。神の領域に手を出した科学者がその成功を喜ぶように、道徳心を失っている。血塗れの人間を前に、なぜ喜びを露わにできるのだろうか。

だが、ゆらり。司波が立ち上がった瞬間、それは一転する。

「先生、俺が死なないのがそんなに嬉しいか」

「嬉しいに決まっ……」

司波の目が光ったように見えた。血で染まった躰が車のライトに照らし出されている。

「あんたの娘もこうなるんだぞ」

小室から言葉が消えた。呆然と司波を見上げているだけで身動き一つしない。

「いいのか、あんたの娘が俺みたいになって」言いながら、もう一度ナイフを自分の腹に突き立てる。二度。そして三度。呻き声。口から血を吐いた。

「司波さん！　やめてください！」

「わ……かった、か。不老、不死に、なるってのが、……ぐふ……っ、どういうことか」

血を吐きながら地面に崩れる司波は、それでもなんとか伝えようとしている。

「俺は……今も、自分は人間なのかって……思うよ。死ね……ないんだ。怪物、に……なるんだよ」

痛いだろう。苦しいだろう。それでも司波は死なない。涙が溢れた。

「司波さんっ」

「死んだほうが、マシだって……くらいの、痛みを……感じたことはあるか？　人体、実験……されたことはあるか？」

小室が落としたナイフが顔のすぐ近くにあるのに気づき、柄を咥えてビニール紐を切った。

急いで足の方も切って司波に駆け寄る。

「司波さん、もういい、もう……っ、いいですから……っ！」

さらに自分を刺そうとする司波からナイフを奪い、抱き締める。

司波の躰は発火したように熱かった。急激に回復しようとしているのかもしれない。伝わってくる熱は、司波の苦しみそのものだ。

「でも……娘は……、娘、は……」

「助かる、見込みは……ないのか？　だから……永遠の命を……」

「そうだよ。……そうだ」

消え入りそうな声だった。ロウソクの炎のように頼りなく、揺れている。

「それは……あんたの望みだ。あんたのエゴだ。死ねなくなったら、どうなると思う？　周りの人間がどんどん死んで……愛する人も失って、そんなことを永遠に繰り返すんだぞ」

はぁ、と苦しげに息を吐いた司波は、静かに続けた。

「失うだけの人生だ」

その言葉は、流星のようにスッと入ってきて、音もなく、心に刺さる。美しいとすら感じた。

だが、あまりに孤独で寂しい。

失うだけの人生。

司波がこれからどんな楽しいことを経験しようと、愛する人ができようと、それは変わらな

い。いつか失い、自分だけが残される。そんな確定した未来が待っているのだ。

「うう……っ、僕はどうすればいいんだ。娘に何をしてやれば……っ！」

「傍にいてやれ」

コホ、と小さく咳《せ》き込み、また口から血を吐いた。

「こんなことしてる時間があるなら、傍にいてやれ。少しでも一緒の時間を過ごしてやれ」

「傍にいて……やる……？」

今初めて気づいたという反応だった。

残された時間を大切にし、ともに過ごす——そんな当たり前のことすら見失っていたのだ。ただ命を救いたいと、自分よりも長生きして欲しいと、そればかりが大きくなりすぎて、娘にとって何が一番幸せなのか考えることができなくなっていた。

「悪いな、先生。俺の時間は腐るほどあるってのに、なんの役にも立たない。俺の命をわけてやれたらいいのにな」

その言葉で、小室の中で何か崩れたようだ。張りつめていたもの。娘のために成し遂げなければという思い。

顔を見ると、憑きものが落ちたような顔をしている。

「すまなかった。本当にすまなかった……っ。娘を助けたくて……僕は……僕は……っ、二人にはなんとお詫《わ》びしたらいいか」

「いいんです。もういいから。司波さん、帰りましょう」

司波に肩を貸して車に乗せた。発火した躰はこのまま蒸発して自分の前から消えてしまいそうで、思わずギュッと抱き締める。

ケラの鳴く声が、微かに聞こえていた。


司波《しば》が目を覚ましたのは、翌日の昼過ぎだった。あれほどの怪我《けが》だったのに、今は傷一つない。驚異的な回復力を目の当たりにするのは二度目だが、ただ驚くだけだったあの時と今とでは随分と違う。たくさんのことを知ってしまった。知りすぎてしまった。

もうあの頃には戻れない。

「大丈夫ですか？」

「そんな顔するな。生きてるよ。死ねないんだ。たいしたことはない」

軽口が切なかった。数秒で失血死するくらいの怪我を、そんなふうに、当然のように言うようになるまで、どんな葛藤があったのだろう。

「現場の監督さんから何度か電話がありました。事故調査があるから出てこいって。住所は前のアパートのままなんですね」

「ああ」

「居場所は知らないって言いました。ここで暮らしてることも言いませんでした。ちょっとした知り合いだってことにしてます。自分も捜してるって伝えました」

「そうか。気が利くな。あの現場日当はよかったんだが、バックレるしかねぇな」

こんな時にまで軽口を叩《たた》いてみせる司波の優しさが、心を抉《えぐ》る。

言わなければと思った。

不老不死の苦しみを司波の口から聞いた。失うだけの人生だと。だから、隠し続けることはできない。失い続けろと言っているのと同じだからだ。

「あの、司波さん」

「なんだ?」

「死ぬ方法が見つかったかもしれません」

目を見られなくて俯《うつむ》いた。けれども、司波の強い視線を感じる。そこに宿るのはやっと死ねるという希望だろうか。安堵《あんど》かもしれない。

「司波さんに頼まれて行ったフィールドワークで文献を読んでたら、どうやって死んだのか書かれてありました。これまでと違って、単に絶食したんじゃありません。スマートフォンで写真を撮ってきたから、詳細もわかります」

写真のフォルダを出し、それを見せる。

「死ねるかもしれませんよ」

笑いながら言えた。おめでとうと。よかったねと。司波は十分苦しんだ。だから、祝福されながら死へ送り出されるべきだ。

司波が矢代《やしろ》を気遣わないでいいよう、あの夜のことなどなかったように振る舞う。

「ほら、意外と簡単なんですよ」

「矢代」

「生贄《いけにえ》とか変な植物とか必要だったらどうしようと思ったけど、そんなのもいらなくて」

「矢代」

「どうせなら死ぬ前に美味《おい》しいものでも食べてお祝いしてから……」

「──矢代！」

叱《しか》られた子供みたいにビクン、と躰《からだ》が跳ねた。『死』について軽々しく言ったことを怒ったのか。でも、こうでもしなければ笑ってさよならを言えない。

「なんで泣いてる？」

「！」

「なんで泣いてるんだ？」

指で頬を拭うと、濡《ぬ》れていた。涙だった。

空気中に含むことのできる水蒸気に限界があるように、矢代もまた自分の想いをすべて抱えきれるわけではない。飽和状態になった雨雲が落涙するのと同じで、溢《あふ》れるのは当然だ。

土砂降りの雨。

それは、あらゆるものを洗い流す。本音を覆っていた強がりも、思い遣《や》りも、跡形もなく消してしまう。

その下に隠れていたのは、純粋な想いだ。

死なないで欲しい。ずっと傍《そば》にいてほしい。好きになってくれとは言わない。だけどせめて自分も不老不死になって、司波とともに永遠の命を生きられたらいいのに。

「なんでもないです」

「なんでもないわけないだろ。泣いてるんだぞ」

「だから、これは……っ」

自分の気持ちなど口にできるはずもない。司波に罪の意識を植えつけるだけだ。

ただ、笑って送り出す。そんな簡単なことが、なぜできないのだろう。

「なぁ、矢代。俺のせいであいつは死んだ。俺が病気になんかならなかったら、あいつは盗みを働くこともなく、拷問されることもなく、充実した人生を送っていたはずだ」

司波の手が伸びてきて、顔を上げろと促された。視線を合わせるのが、怖い。

「ずっと死ぬ方法を探していた。それだけの人生だった。でも……」

でも。

心臓がトクンとなり、ようやく司波の目を見ることができた。目を逸《そ》らさせない誠実さが、そこに浮かんでいた。

「あいつが好きだったのは本当だ。だけど、あんたに出会ってから変わった」

コクリ、と喉を鳴らした。

「死にたい気持ちが薄れてくんだよ、あんたといると。安らぐんだ」

苦しそうに、けれども、それが本音だと司波は訴えている。

喜んでいいのかわからなかった。だが、矢代は胸の奥の高鳴りが、ただの緊張や不安とは違うものだという確信があった。

司波への想いが、殻を破って外に出てくるのは自然なことだ。

羽化する蟬《せみ》を見に行った時から。いや、もっとずっと前から、死に方を探し続ける司波への想いは芽吹き、少しずつ育ちはじめていた。さなぎのように硬い殻で覆われていても、いずれ飛び立つ時がくる。くしゃくしゃに縮こまっていた翅《はね》には、体液が送り込まれて広がる。

「薄情だと思うか？」

思わない。

「俺はあいつを裏切っていると思うか？」

思わない。

「これ以上自分の気持ちは誤魔化せない。あんたと出会って、生きているって久々に実感したんだよ」

お願いだから、これが夢でありませんように。

司波の人生の中に自分が存在していたのかと思うと、抱えきれない幸運に押し潰されそうだった。込みあげてくる喜びに、目頭が熱くなる。

「矢代。もっと、感じたいんだ」

「……司波、さん」

「生きてる実感を、もっと味わいたい」

それが何を意味するのかわからないほど、経験がないわけではなかった。それなのに言葉が出ず、迷うばかりだ。探し、たどり着いたのは色気とはほど遠い、けれども矢代の純粋な気持ちをそのまま形にしたものだった。

俺も……。

シャボン玉のように、触れれば弾《はじ》けてなくなる虹色の夢みたいだった。

手にできるはずのなかったものが突然自分の腕の中に飛び込んできた戸惑いを、全部呑《の》み込めない。

「んぁ、……んっ、んっ、……はぁ……っ」

情熱的な口づけに戸惑いながらも、求められるまま応じた。

今、司波は自分を欲している。そう思っただけで、行為に溺れられた。重ねた想いは自覚していた以上に膨らんでいて、自分の中に収まりきれない。

「ぁ……っ」

服を剝ぎ取られ、目の前で勢いよくシャツを脱がされると、これからする行為をまざまざと見せつけられるようだ。応じる自分がひどくはしたなく思えて、体温が上がった。

司波の鍛え上げられた肉体に、どうしようもなく昂《たかぶ》ってしまう。

外はまだ明るく、溢れるほどの光がレースのカーテン越しに入ってくる。目を細めるほど眩《まぶ》しい夏の日差しは司波にも注がれていた。

これほど明るく、淫靡《いんび》な光を、矢代は知らない。

夏休みのプールサイドを彩る明るさと同じなのに。家族で訪れたキャンプ場を満たす日差しと同じなのに。青々とした芝生が弾きかえす眩しさと同じなのに。

求め合う二人の気配で満ちた部屋の中は健やかとは言いがたい気配で満ちていて、どこまでも堕《お》ちていけそうだった。

「今まで、死ななくてよかったよ。今日まで生きてきて、よかった」

ああ……、と喜びが唇の間から溢れてくる。自分の存在が、司波にそう思わせたのだ。出会えてよかった。あの時、司波を行かせなくてよかった。司波を想う苦しさに後悔したことすら、今は宝物のように思えた。

「……ぁ、……そこ、は……、……はぁ……っ」

熱い手のひらが、探るように触れてくる。脇腹、腰、背中、胸板。痩せた躰が恥ずかしくて身をよじると、追いかけるのが楽しいとばかりに、さらに手を這《は》わされる。

「ぁ……っ」

敏感なところを指でなぞられ、声が漏れた。普段人目に晒《さら》すことのない胸の突起にいつ触れられるか、身構えてしまう。

明らかに皮膚が薄いその場所は、刺激に弱いはずなのになぜ、こうも無防備な場所にあるのだろう。これでは簡単に見つけられてしまう。

「……ぁ」

焦《じ》らすように突起には触れず、乳輪ギリギリのところを指でなぞられる。

「気持ちよく、なりたいだろう?」

「はぁ……っ」

鳥肌が立った。くすぐったくて、だけどそれだけではなくて。

震える唇に名前を乗せると、応えるように胸の突起を口に含まれた。

「あ!」

舌が、指が、弱い部分を責め立てる。身を捩《よじ》っても責め苦からは逃れることができない。

「あぁ……ぁ、……はぁ……っ」

ビクン、ビクン、と躰が跳ねた。柔らかく膨らんできた輪の中にある突起が、まるで吸ってくれと訴えているみたいだ。

唇で挟まれ、舌で転がされて、そこは感度を増していく。

「はぁ、……はぁ……っ、……駄目……、そこ……っ、も……、……駄目……っ」

どんなに懇願しても、愛撫《あいぶ》の手を緩めてはもらえなかった。駄目と口にするほど、執拗《しつよう》に弄《いじ》り回される。やめてほしいのか、それとももっとしてほしくてねだっているのか、わからなくなっていく。

「ん……、んぅ……、——ッふ」

手の甲を唇に押しつけてなんとか声を押し殺していたが、突起を弄られながら指の間を舐《な》められた。ビクンと反応すると、歯で軽く挟まれる。さらに指の間から舌が差し込まれてきた。

矢代の唇を探して這い回るそれに、指の間も快感を覚えるのだと知る。ゾクゾクと甘い戦慄は指から手の甲、前腕から肘へと伝って躰全体に広がる。

観念して手を外すと、今度はダイレクトに舌が口内に侵入してきた。容赦なく、無遠慮に。

「んぁあ……あぁ、……っふ、……んぁ」

舌を搦《から》めとられながら二つの弱点を摘まれ、痛みに眉根を寄せながらも、それだけではないと感じていた。覚えたての痛みを自分が欲しがっているのが、信じられない。

「んぁ、……ぁ、……ぁあ」

司波の唇が、舌が、吐息が、矢代を狂わせる。

「待ってろ」

ふいに気配が離れたかと思うと、司波は立ち上がって姿を消した。戻ってきた時、手に握られたものを見て頰が熱くなる。

日常を思い出させる洗面台の乳液。蓋を開けながら自分を見下ろしてくる司波に、身構えずにはいられなかった。ゆっくりと目の前に跪《ひざまず》く仕草にすら、色気を感じる。

「俺を全部見せてやる」

矢代の羞恥を煽《あお》るように笑い、舌先で唇を舐める司波はこれまで見たどんな司波よりも牡《おす》だった。捕食する獣さながらに、矢代を狙っている。

「気持ちよすぎて気を失うぞ」

「待……っ、——ぁあ……っ」

中心に垂らされ、屹立《きつりつ》を握られた。司波の男っぽくゴツゴツした手の中で、自分の中心が硬さを増していくのを見せつけられる。

「ここを……こうすると、気持ちいいだろ？」

「——ぁ……っ！」

痛い。

屹立の先の小さな切れ込みに指をねじ込まれ、躰を硬直させた。そこを引き裂かれる気分だ。さらに張りつめる。

痛いのに。痛いのに。

指がねじ込まれると、膝が震えた。自分の口から甘く、熱い吐息が漏れているのが信じられない。

「ぁ……ん、んっ、んんっ、……っく」

何度繰り返してもわからず、事実だけが明確に浮き上がってくる。ジンジンとしてきて、中心はますます張りつめた。透明な蜜が溢れてきて、それは乳液と混ざる。体温で温められたそれは司波の指もぐっしょりと濡らしていた。

「ぁ……っく、……っく！」

ふいに蕾《つぼ》みを探られ、無意識に躰をこわばらせた。二度目なのに、今日初めて躰を重ねるかのように緊張するのはなぜだろうか。

「はぁ、はぁ……っ、……ぁ……あ……ぁ、……んぁ……あ」

ジワリ、と肉壁をこじ開けて指が侵入してくる。二度目なのに、そこはまだ他人を知らないというように貞淑な固さを保ったままだ。それでもやんわりと刺激されていくうちに、躰は司波と繋《つな》がれることを思い出す。

「相変わらず狭いな」

「ぁ……っく」

少し掠《かす》れた声で言われると、妙に昂った。涙で揺れる視界の向こうで、司波が自分を見下ろしているのが見える。あますところなく見てやろうという視線に、被虐的な悦《よろこ》びが目を覚ました。

「みなっ、でっ、さ……っ」

「見たいんだよ」

「おね、がっ、……みない、でっ、……くださ……ぁ……っ」

指で奥を刺激され、弾むように息をしてしまう。

はっ、はっ、と小刻みに呼吸をしていると、その反応に司波は快感の在《あ》り処《か》を見つけてそこばかりを責めてくる。腰を浮かせて自ら求めていると気づいた時は、遅かった。絶頂はそこまで来ている。

「イき、た……、――っく」

訴えは、いとも簡単に退けられた。焦らされ、ギリギリのところで頂点から引きずり下ろされるもどかしさに悶《もだ》える。

こういった行為を幾度となく繰り返した大人のやり方だった。矢代の経験など、子供の遊びと同じだ。

「司波さ……、おねが、ですから……」

「まだだ。勝手にイくなよ」

「――ぁ……っ！」

のし掛かられ、あてがわれて唇を嚙《か》む。

「んぁぁああ……っ！」

いきなりだった。なんの前触れもなく司波を呑み込まされて、矢代は白濁を放った。躰がビクビクと痙攣《けいれん》してとまらない。

「イくなと言ったのに、漏らしたな」

「あ、ぁ……、……はぁ……ぁ、……すみませ……」

「すげぇ締まりだぞ」

ふと、笑いながらこめかみにキスをされ、これほど幸せに躰を重ねられるものなのかと、驚きと戸惑いに翻弄される。自分の中に他人がいることに、まだ慣れない。

司波が腰を進めるたびに、汗ばんだ背中が蠢《うごめ》く。男の筋肉をエロティックだと感じるなんて、自分はどうしてしまったのだと思いながらも、確かめずにはいられず司波の背中に指を喰い込ませた。

肩甲骨の出っ張り。それを覆う筋肉の鎧《よろい》。背骨を挟むように二対伸びていて、張りがある。

優しく、けれども意地悪に、腰を前後に動かすたびにそれは蠢き、矢代を深い愉悦へと誘った。

「あぁ、……んぁ……あ、あ、あっ」

司波が入ってきて、出ていく。それを意識で追った。

ゆっくりとした動きは、矢代に満たされない飢えを教えてくれる。まだ足りない、まだ欲しいと、躰が切実に訴えていた。けれども飢えは快楽でもあった。欲望が加速的に育ち、わずかしか与えられない水を貪るように味わってしまう。

「ぁ……あ……、ん、……んぁっ、あっ」

「……締めすぎ、だ、……はぁ、矢代……っ、――っく」

低く、男っぽく濡れた声が背中にゾクゾクした。きつく抱き締められ、力強く奥を貫かれると、悦びのあまりどうにかなりそうだった。

硬くそそり勃《た》ったものが、いっそう張りつめていくのがわかる。硬度を増したそれは、矢代の肉に埋もれ、掻《か》き回して乱す。身勝手に振る舞っているようで、その実矢代の欲望に忠実に応えてもいた。

「中……出して、いいか?」

「い、い……、……はや……、ぁ……っ、……はやく」

双丘にグッと指が喰い込んできて、司波が余裕を欠くのがわかる。自分を抑えようとしているが、それも限界らしい。

「ああっ！」

ズシンと快楽に打たれた。

「あ、あ、あ、あっ！」

目眩《めまい》がした。世界が回る。

腰は蕩《とろ》け、司波が突き上げてくるたびに快楽の波が襲いかかってきた。渦に巻き込まれるように、深く、深く、呑み込まれていく。

「んぁ、あ、んっ、あっ、――ぁ……ん、……ッふ」

唇を奪う司波の激しさに、心底酔った。そうしているうちに、再び絶頂が近づいてくる。まだ一度も達していない司波より先にイくのは恥ずかしく、必死で堪《こら》えていたが、たまらず「イきたい」と訴えた。

「いいぞ、俺も……イくから」

抑えられた声は欲望をため込んでいて、それを聞いただけでゾクゾクした。無意識に締めつけてしまうと、応えるように力強く躰を揺さぶられる。

「んぁ、ぁあ、……っく、はぁ、ぁっ、あっ、――んぁぁあー……ッ！」

迫り上がっているものに身を任せると、自分の中で司波が爆《は》ぜたのがわかった。甘く、切実な痙攣をありありと感じられる。

中を濡らされる被虐的な悦びの中、矢代はゆっくりと脱力した。

「はぁ……、ぁ」

ビクンと躰が跳ねた。神経を剥《む》き出しにされたみたいに、わずかな刺激にすら反応してしまう。

司波が自分の奥で脈打っているのがわかった。ドクン、ドクン、と、心音と同じリズムで余韻を鳴らしている。

汗ばんだ張りのある司波の背中を手で触れると、今までに感じたことのないほどの幸せで満たされた。


矢代の寝息をこれほど穏やかな気持ちで聞けるなんて、思ってもみなかった。

窓の外の夕暮れは、迫る闇を前にゆったりとした時間を漂わせていた。カナカナカナ……、とどこからともなくひぐらしの声が聞こえてくる。

盛夏を過ぎた辺りから耳にする虫の声はどこか寂しげで、けれども司波はそれを聞くと自分が不死の病に冒されていることなど忘れて、しばし聞き入ってしまうから好きだった。

過ぎゆく夏にさよならを言うように響く虫の声。何度夏を見送っただろうか。

「ん……」

ベッドにうつ伏せで寝ている矢代が目を覚まさないよう、司波はゆっくりと身を起こして座った。

貪り尽くしたあとは、ただいとおしさだけが積もっている。とまった時間が再び動きだし、凍りついた心に血が巡りだす。

そっと手を伸ばして、髪を梳《す》いた。濃密な時間に見せてくれた貪欲さが嘘《うそ》のように、今は穏やかな表情をしている。

またひぐらしが鳴いた。

喉が渇いているだろうと思い、飲みものがあったか冷蔵庫に確認しに向かった。ドアを開けようとしたところで、背後で身じろぎする気配を感じる。

「……っ、……き……まさ」

矢代の寝言に目を細め、振り返った。起きたのなら、自分の気持ちをもう一度伝えながらキスをしたほうがいいだろうかと考え、自分がこういったことに慣れていないと気づいた。

好きだ。愛している。

どれも違う気がする。そんな言葉ではこの気持ちを表現できない。

起きるかと思い近づいていくと、まだ深い眠りの中だった。しばらくその表情を見ていたが、ふいに苦しげに眉根を寄せたように見えた。

「矢代？」

声をかけたが、反応はない。気のせいだ。

窓の外に広がっていたセピア色の景色に、影が下りてきた。この時間は景色がガラリと変わる。ほんの数分前までそこにあった世界は夢のように消え、別の顔を覗《のぞ》かせる。

ひぐらしの声が、悲しげに響いた。


延々と続く土手と広い空。仰ぎ見る稜線《りょうせん》に、壮大な自然への畏怖を抱く。東北の地は厳しい自然に囲まれているが、親しみ深く、どこか懐かしい。

その傍らに広がる背丈ほどある葦《あし》の群生する場所で、矢代は誰かを探していた。

ドキドキともワクワクとも違う。しかし、心はほんのりと甘いもので満たされていた。それはカルメ焼きみたいで、口に含むとスッと溶けて甘い味が広がる。素朴で、けれども手放しがたい。

不思議な気持ちで葦を掻き分けていくと、その先に人がいる。明らかに自分を待っていたとわかった。自分が会うのを楽しみにしている人だとも。

矢代に気づくなり軽く手を挙げる彼は、よく知っている人物だ。

彰正《あきまさ》。

なぜ、下の名前で呼ぶのだろう。今までそう呼んだことはないのに。

自分の声なのに他人のもののように響くそれに違和感を覚えながらも、矢代は足早に司波のもとへ向かった。

川から運ばれてくる涼しい風が、葦を揺らしている。

「元気そうでよかった」

矢代の言葉に、司波は困ったような顔を見せた。それなのに、嬉《うれ》しいようなホッとするような気持ちになる。確かめているのかもしれなかった。

そんな顔をするくせに、いつもここで待っている——。

「なんで来るんだよ？」

「彰正こそ来てるだろう」

川面《かわも》が光を弾いていた。小さく砕けた光の粒は、軽やかにその表面を転がっていく。ここにいるだけでよかった。ずっとこうしていたいと思った。

この瞬間を硝子《ガラス》の中に閉じ込めておけたら、どんなにいいだろう。

だが、そんな時間は長くは続かない。

「お前はこんな掃きだめみたいなところから抜け出せ。お前ならできる」

動かぬ決意を感じる声の固さ。

目が合った瞬間、自分に向かって放たれた言葉でないと気づいた。違う。その唇に乗せられる名前は、他の誰かのものだ。その視線が見ているのは、矢代ではない。

今、自分は誰か他の人の人生を追体験している。

「もう大人だ。それぞれ自分たちに合った場所で生きていくのがいいんだよ」

司波の表情は、つらそうに歪《ゆが》んだ。苦しげに吐き出された言葉が本音じゃないことくらい、察しがつく。

嘘の鎧で固める相手と言えば、おそらく一人だろう。

「俺みたいなクズは、ここがお似合いだ」

吐き捨てられた言葉に司波がどれほど大事に想っているのか伝わってきて、これが誰の記憶なのかわかった。

知らない人。けれどもどんな人かは知っている。司波を助けるために、自分の命を懸けられる人だ。

彼はこんなふうに司波を見ていた。そして司波も、こんなふうに彼を見ていた。

苦しい。嘘を重ねる司波が、司波の嘘を嘘だとわかっていながらそれを聞いている彼が、切ない。

風が葦の穂先を撫《な》でると、サラサラと涼しい音がした。

目を覚ました矢代は、風の音を聞いた気がした。しかし、実際に耳にしていたのは寒すぎるほど利いたエアコンが冷気を吐き出す音で、心地よさとはほど遠い。見慣れた、けれども自分の部屋ほど馴染《なじ》みのない場所はクリニックの待合室だ。

矢代は、夢の中のできごとを反芻《はんすう》した。この夢を見るのは五度目だ。

夢にうなされていた時は、内容が思い出せずに感情だけが残っていたが、今見た情景はリアルすぎるほど鮮明に覚えている。

葦が群生する場所。司波が待っていたのが自分じゃなかったのは確かだ。これは何かの暗示――司波の幼馴染みの魂が見せた夢なんじゃないかと思いはじめている。盗《と》らないでくれと、自分から司波を奪わないでくれと。

一度そう思うと、それ以外考えられなくなる。

彼は司波のために命を落としたのに。司波のために薬を盗んだのに。

矢代が司波と出会えたのも、彼が命を懸けて司波を助けたからだ。彼は自分以外の誰かと司波が結ばれるのを願ったわけではないだろう。

それを横から盗るのか。

己の問いにドキリとし、もう一度問う。

横から盗るのか。

顔をしかめた。もし、司波の幼馴染みの魂がこの世に残っているとするのなら、彼はどんな思いで自分たちを見るだろう。司波への想いを貫いたらいけないと思うが、身勝手な言い分もまた、自分の気持ちなのだ。

好きになってしまった。それを消すことはできない。

「矢代さん、お待たせしました。先生がお待ちです」

呼ばれ、診察室へと入る。いつものように向かい合って座ると、仁井原《にいはら》はすぐに矢代の変化に気づいた。何かあったかと聞かれ、夢について話しはじめる。

「自分の記憶みたいに夢を見るんです。なんだかとてもリアルで、匂いとか音とか、いろんなものが蘇《よみがえ》ってきて。今まであんなにリアルに感じたことはないんです。でも、夢の中の俺は俺じゃなくて」

「誰かの人生を追体験してるみたいな？」

「はい、そうです」

仁井原は少し考え、改まった口調で提案してきた。

「もう少し踏み込んだ治療をしてみるかい？」

「え？」

「今までは精神的負担を考えて、早めに切り上げてた。でも、もう少し頑張ってみるかい？」

「はい。いつまでも今のままじゃいられないので」

即答したのは、焦りもあっただろう。だが、いい加減仕事も見つけなければならなかった。失業手当は来月で終わりだ。貯金も随分減っている。

「君が本当にそうしたいなら」

「お願いです」

「わかったよ。じゃあ、始めようか」

リクライニングチェアに移動し、カーテンを閉めて灯《あか》りを落とす。

その日、催眠療法で見たのも同じ夢だった。葦の群生する場所で司波と会う。違ったのはそこから先だ。景色が一変したあと、暗く狭い場所に閉じ込められた。パニックになり中断を余儀なくされたが、治療をやめようとは言われず、来週のセラピーに希望を繋ぐ。

マンションに戻ったのは午後三時を過ぎた頃で、三十分もしないうちにインターホンが鳴った。司波だ。合い鍵を渡しているのに、自分の部屋のようには使わない。もっと図々しく使ってくれてもいいのに。

「おかえりなさい」

今日、司波は事故調査のために事務所に出向いた。一度ふざけた口調でバックレると言っていたが、思い直したようだ。矢代の存在が知られている以上、変に逃げ回らないほうがいい、と。確かにそうなのかもしれない。

「調査はどうでした？」

「バックレるほどじゃなかったよ」

「それならよかったです」

かなりの出血だったようだが、もう一人が怪我を負っていたことに加え、事故の直後に夕立が降ったおかげで血が土に染み込み、怪しまれなかったという。

「なぁ、出かけないか？」

「今からですか？」

「まぁな。夕飯外で喰わないか？」

夕飯には少し早いが、寄りたいところがあるというのでマンションを出た。司波が向かったのは、駅から五分ほど歩いた場所にあるビルだった。その一階で個展が開かれている。

「こういうところに来るの初めてです」

「俺もだよ。ちょうどこの前を通りかかって見つけた」

小さなギャラリーで数点の写真が飾られていた。若い写真家らしく、案内状など手作りだったがセンスを感じる。

「司波さんがこういうところに来るなんて意外です」

「そうか？　昔から景色を眺めるのは好きだったぞ。蟬の羽化とかもな」

二人で見た光景は、今も鮮明に心に残っている。月の光を集めた妖精のような姿は、忘れない。

「あ、これ」

羽化したばかりの蟬を撮った作品だった。羽化の途中で雨でも降ったのか、青みがかった乳白色の躰に雨粒がついていて、宝石をちりばめたみたいだ。

「すごく綺麗《きれい》です。でも、濡れても飛び立てるんですかね？」

「霧雨くらいなら大丈夫だろ」

写真は連続しており、辿《たど》っていくと最後は飛び立つ瞬間が切り取られている。力強く、今にも写真から飛び出してきそうだった。

「出会った時も霧雨が降ってたな」

そうだ。梅雨の終わりにしてはめずらしく、雨は優しく世界を包んでいた。深く恐ろしい闇をも和らげる、自然の紗幕《しゃまく》。

「よくこんな瞬間が撮れましたよね」

「あんたと似てる」

「蟬にですか？」

「霧雨のほうだよ」

どういう意味だろう。自分には世界を優しく包むほどの懐の深さはない。

さらに歩いていくと、一枚だけ趣の違う作品があった。それは撮った写真をジグソーパズルにしたものだ。ただし、バラバラにしたピースでもとの写真を再現するのではなく、ランダムに配置して別の絵に再構築している。凹凸は隣のピースとちっとも噛み合っていないが、確かにこの絵に必要なパーツになっている。

「……すごい」

自分をどこにも嵌《は》まらないパズルのピースだと思っていた時期もあった。今もそうかもしれない。それでも存在する価値はある。ちゃんと絵の一部になっている。そう励まされている気がした。

自分をあまったピースのように感じていたとは、司波には一度も言っていない。この写真に出会ったのは偶然だ。だが、こんな偶然を引き寄せる司波だからこそ、ここまで惹《ひ》かれるのかもしれない。

「行くか」

閉館の案内の声に、写真の前で立ち止まっていた矢代たちは会場を後にした。

「もう少し早くくればよかったな」

「十分見られましたよ」

夕暮れ時の街は、どこか寂しげだった。柔らかなオレンジ色の夕日に染められても、人々の忙《せわ》しない足取りは変わらない。長く伸びた影を踏みながら歩く人もいない。独りぼっちの太陽は、置き去りにされた魂みたいだった。

好きになるほど、司波に想いを寄せていた人のことが脳裏に浮かぶ。その気持ちがわかるからこそ、つらさは増す。

もし自分が彼の立場だったら――。

月の引力に引き寄せられて潮が満ちるように、矢代の中も司波への想いでいっぱいだった。

「何か喰いたいもんあるか？」

「中華」

無意識にそう口にしていた。司波が笑う。

「夫婦喧嘩《げんか》見に行きたいのか？」

そうだ。長年連れ添った夫婦だから。家族だから。激しい喧嘩もできるし衝突も起こす。

司波とともに生きたい。不老不死の彼にとって、自分といる時間は一瞬かもしれないが、それでも願ってしまうのだ。

きっと彼も同じだった。だから、生きて欲しくて罪を犯した。司波と時を重ねることは、彼の死を踏みにじるのと変わらない気がしてならない。

駅の人混みに紛れていると、心が迷子になりそうだった。流れに乗れず、時々ぶつかりそうになる。司波の広い背中すら、見失いそうだ。

『俺みたいなクズは、ここがお似合いだ』

夢の中での司波の台詞《せりふ》が蘇り、垣間《かいま》見た彼らの時間に責められているような気になる。

お互い、思い合っていた。彼は司波のために盗みを働くほど。司波は嘘を重ねて自分から離れさせようとするほど。

矢代は司波を呼び止めた。

「どうかしたか?」

「用事を思い出して。先に帰ってください」

用事なんてない。司波もわかっているだろう。けれども、それ以外思いつかなかった。

「分かったよ。飯は適当に買って帰る」

「はい。中華、一緒に食べたかったです」

じゃあ、と言って踵《きびす》を返す。

気持ちを確かめ合い、躰を重ねた。あれほど満たされ、幸せを感じた瞬間はなかった。それなのに、今は再び闇の中で彷徨《さまよ》っている。

自分の姿を雑踏に隠すことでしか、今は正気を保っていられなかった。

矢代の様子がおかしいとは気づいていた。

用事なんて嘘だ。それくらいわかる。下手な嘘しかつけない人だからこそ、その存在が心に染み込んできたのかもしれない。霧雨のように。気づかないうちに。

ひび割れするほど乾ききった心は、矢代に出会って変わった。たっぷり水を貯《たくわ》えた水田が晴れ渡った五月晴れの青空を再現するように、鮮やかな色も映せるようになった。

もう十分だ。十分潤してもらった。

いずれ自分の存在が矢代の負担になる。それは、避けられないように思えた。苦しめたかったわけじゃない。呪われた運命につき合わせたかったわけじゃない。それなのに、感情に流された結果がこれだ。

もう一度、あの時に戻れたら、矢代の前から立ち去るのに。そうすれば、こんな思いをさせることもなかった。

『死ぬ方法が見つかったかもしれません』

矢代がすぐそこにいるように、声が蘇った。写真に収めてきたと言っていた。データは今も持っているだろうか。

矢代のマンションまで戻ってきた司波は、合い鍵で部屋に入った。

おかえりなさい、と矢代の声を頭の中で再現する。それだけで、今日まで生きてきてよかったと思う。最後に出会えた光だった。一人になってからは闇の中を歩き続けるような時間の連続だったが、今は違う。

風の匂いも、草木の揺れる音も、遊んでいる子供たちの笑い声も、全部ありありと感じることができる。

「……矢代」

これ以上大事な人を不幸にしたくなかった。同じ過ちを繰り返したくはなかった。もともと死に方を探していたのだ。

束《つか》の間の夢に、自分が普通の人間のような人生を送れると錯覚していたのかもしれない。呪われた躰を持つ以上、彼《か》の人の代わりに得た命を生きている以上、終わりなんてないのに。

今度こそ、終止符を打たなければならない。不幸な人をこれ以上増やさないためにも。

司波は決心した。固く、揺るぎないものだった。

翌週、矢代は再びセラピーを受けに仁井原のクリニックを訪れていた。

「気負う必要はないからね」

「はい」

ここ一週間、司波とほとんど話をしていなかった。後ろめたさのあまり避けてしまう。そんな態度に気づいているのだろう。司波も積極的に矢代に話しかけようとしなかった。一緒の部屋に住んでいるのに、息苦しい。

そして昨日、司波がアパートを見つけたと言ってきた。来週出て行く、と。

突然のことに何も言葉が浮かばずに「わかりました」と頷《うなず》いた。新居の住所も聞いていない。

「大丈夫かい？　元気がないみたいだけど、気が乗らないなら無理には……」

「いいえ、大丈夫です。自分の問題を克服したいから」

リクライニングソファーに躰を預け、力を抜いてリラックスする。仁井原の声に集中した。

誘われたのは、同じ夢だった。またかと思ったが、今日はこれまで以上によりはっきりと情景が浮かんでくる。

矢代は川に沿って延々と続いている土手を誰かと歩いていた。司波ではない。着物を着た年配の男性だ。落ち着いた雰囲気の人で、先生と呼んでいた。

葦の群生する場所が見えてくると、矢代の心はほんのりとした甘さに包まれる。

「先生、先に行ってください」

土手を下りて、葦の群生の中に飛び込んだ。司波がいて、葦が風になびいている。心地よい風が吹き、辺りが優しいざわめきに包まれた。それは、自分の心を映しているようだった。

「彰正」

「よぉ」

本当にこれが、司波の幼馴染みに見せられている夢なのだろうか。盗らないでくれと訴えられているのだろうか。

ふとそんな気持ちになったが、その唇に乗せられる名前が他の誰かのものなのは確かだ。しかし、司波が見ているのが矢代なのも、また事実だった。

司波は、自分を置いてこの世界から飛び立てと訴えていた。自分にはここがお似合いだからと。切なくなるほどの想いに胸が締めつけられる。

一緒に行けばいいじゃないかと言いたくなった。一緒に行こう、と……。

「！」

矢代は続く土手を見た。一緒に歩いていた男性の背中は、ずっと遠くにある。あの人についていかなければならない。でも一人でじゃない。一緒に行くのだ。

そうだ。一緒に行こうとしていた。彼が。いや、彼ではない。自分がだ。

司波の手を取って土手を登ろうとしたが、その場から離れようとしない。足が地面に固定されているように、何度引っ張っても動こうとしない。次第に焦り始める。

行かなければ。ここから出なければ。早くここから逃げなければ、あの禍々《まがまが》しいできごとに呑み込まれる。

そう思った次の瞬間、ゴトン、という重い音がして景色は一変した。

気がつけば、暗く、狭い場所に一人閉じ込められていた。扉に飛びついたが、ビクともしない。

「誰か……っ、誰かっ、――彰正……っ！」

怖い。怖い。またあの男たちが来る。ひどい拷問を受ける。

彼らは、教えろと言うだろう。誰に薬を渡したのだと。でも、言ってはいけない。あれは自分が盗んだものだ。罪を被《かぶ》るのは一人でいい。彼にはなんの責任もないのだから。

今度は、耐えきれるだろうか。

怖いのは、自分への仕打ちではなかった。苦痛に耐えきれずに秘密を漏らしてしまうことだ。もし、言ってしまえば大事な人もまた同じ目に遭う。

「……っ！」

扉の前で人の気配がして、再びゴトン、と音がする。これは、かんぬきだ。

それに気づいた途端、ここが蔵の中だとわかる。声をあげても誰にも聞こえない。聞こえたとしても、使用人たちは主《あるじ》に逆らえない。見てみぬふりをするだろう。ここが自分の死に場所になるのだ。

そうこうしているうちに複数の男たちが入ってきて、取り囲まれる。

「薬はどこへやった？」

息を呑んだ。絶対に言うものか。

男たちの手が伸びてきて、手首を縛られて吊《つる》された。言え、言え。右からも左からも声がする。口を噤《つぐ》んでいると、木刀で激しく叩かれた。何度も、何度も。

絶対に言うものか。

水をかけられ、再び打たれる。それでも黙っていると、一人の男が白く光るものを懐から出した。闇を舐めるように光を放つそれは、短刀だ。耳を削《そ》ぐと脅される。それなら削げばいい。鼻もくれてやる。目をくり抜くならそうすればいい。

絶対に言うものか。

痛みに耐えながら考えていたのは、司波のことだ。激しい後悔の念が襲いかかってくる。

間違っていた。自分はとんでもないことをした。取り返しのつかない間違いを。

ここに連れてこられ、万能薬と聞いていたものが不老不死の秘薬だと教えられた時、己の罪深い行為を、浅はかな行為を心底悔いた。

ごめん、彰正。ごめん。

命の灯火《ともしび》が消えようとしているのを感じた。自分は長くはない。何日もここでこうしている。耳が聞こえにくくなった。視力も失った。声も出ない。

もう、終わりだ。どうすることもできない。謝ることすらできない。自分の命は諦めた。もういい。ここで終わるのも仕方がない。

大事な人を助けるために、盗みを働いたのだから……。

だが、誓った。

もう一度、この世に生まれてきて、彰正に会う。

決して一人にはしない。一人で永遠の命を生きるなんてことはさせない。一緒に死ぬ方法を探す。終わらない命にケリをつける。それが無理なら、自分も呪われた躰を手にしてともに永遠を生きる。

そして何より、自分の気持ちを伝えるのだ。好きだと、子供の頃から好きだったと。

それは、強い想いだ。

必ず、必ず、もう一度、会いに行く。

もう一度――。


「――彰正……っ！」

自分の声とともに、違う光景が飛び込んできた。クリニックの天井だ。ここが診察室だと気づいて顔を横に向けると、仁井原の顔がある。

「大丈夫かい？」

「は、はい」

「戻ってこられてよかった」

よほどうなされていたのか、仁井原はホッとしたような表情を見せた。

「今の……なんですか？」

心臓がバクバクと音を立てていた。苦しいくらいで、深呼吸するよう言われて従う。

「何か飲むかい？」

グラスを渡され、半分ほど一気に飲んだ。少しずつ落ち着いてきたが、今見たものの正体が知りたくて問いつめてしまう。

「先生、俺が見たのはなんですか」

「過去の……自分だよ」

「過去の自分」

司波と逢《あ》い引きのように会っていた時間。そして、激しい後悔の念と必ず再会するという強い決意。

そうだ。あれは自分が経験したことだ。司波と——彰正と生きた時間が蘇ってくる。綿花の実が弾けて中の綿が飛び出すように、硬い殻で覆われていた記憶が、柔らかく手触りのいい時間が次々と溢れてくる。

貧しかったが、幸せだった。常に腹を空《す》かせていた幼少期。働き手として使われ、成長するに従い役立たずだと蔑まれるようになっていった。司波のように躰が大きいわけでもなく、力があるわけでもない。

けれども、一人の医師が目をかけてくれた。役に立ちたくて手伝いを申し出たのがきっかけだ。記憶力がよかったおかげで、一度医師から教わったことは二度と忘れなかった。

そして、誘われたのだ。自分の下で医学を学んでみないかと。

背丈ほどある葦の群生する場所で逢い引きのようなことを繰り返したのは、医師に引き取られて医学を学んでいた頃だ。

一緒に、あそこを出たかった。司波を連れてあの場所から飛び立つつもりだった。

「矢代君、大丈夫かい？　もう少し水を飲むといい」

差し出されたグラスを断り、問いつめる。

「先生、前世って……信じますか？」

突拍子もないことを言っただろう。けれども仁井原はそれほど驚きはしなかった。患者のこういった言動に慣れているのだろうか。

「医師である僕が言うとおかしいかもしれないけど、ヒプノセラピーで前世の記憶が蘇ったという報告はあるんだよ」

「本当ですか？」

「自分が生まれる前のことを知ってるとかね。もちろん嘘の報告も多いけど、それだけでは説明がつかないことがあるのも事実なんだ。僕もまだどう答えを出していいのかわからない」

仁井原は煮えきらない様子だったが、確信した。

あれは、自分の記憶だ。

葦の群生する場所で司波と待ち合わせをしていたのも、暗い場所に閉じ込められて尋問されるのも。命の灯火が消えかかった時、再び司波に会うと自分に誓ったのも――。

「帰ります」

「少し休んでからにしたほうがよくないかい？」

「いいえ、大丈夫です。帰ります。帰って話さなきゃならない人がいるんです」

呼び止められたが、半ば無理矢理クリニックを出て自分のマンションへ向かった。

「司波さんっ」

部屋は無人だった。開けっぱなしのカーテンの外から、明るい日差しが差し込んでいる。

今日は部屋にいると言っていたのに。

スマートフォンにかけてみたが、応答はなかった。電源が入っていないというメッセージが流れるだけだ。さらに、司波の荷物が消えていることに気づいた。ここにいた痕跡がまったくないのだ。

存在しなかったかのように。あれは夢だったというように。

忍び寄るように不安が心を侵食してきた。

「……司波さん、どこに」

ふいに司波に言った言葉を思い出す。

『死ぬ方法が見つかったかもしれません』

ギクリとした。永遠の命にピリオドを打つ方法は、スマートフォンの写真フォルダの中に今も保存している。これを見た可能性は低いだろうが、原本は閲覧できるかもしれない。

慌てて部屋を飛び出した。

駄目だ。待ってくれ。早まらないでくれ。

祈りながら、資料館の館長に連絡した。今外出していて戻りは夕方だという。先日の資料を見たいという男が来たら、見せる前に自分に連絡をしてくれと頼んで先を急いだ。

閉館には間に合ったが、館長の口から資料はすでに見せたと聞かされた。先週のことだ。小室《こむろ》の名前を出され、本人にも知り合いだと確認が取れたため特別に閲覧を許したという。

「申し訳ない。閲覧させたのを知っているのはわたしだけで」

「いえ、いいんです。それより、資料を見たあとどこに行くとか言ってませんでしたか?」

「さぁ、そこまでは」

まだ諦めるのは早い。資料に書かれてあった死ぬ方法が本当だとも限らない。

希望を捨てるなと自分に言い聞かせ、写真フォルダを開ける。

永遠の命にピリオドを打つ方法。

朔《さく》の日。永遠の命を他の者に譲り渡せば、その運命から解放される。ただし、救われた命は再び八百年の命を授かるという。譲る相手は生きとし生ける者。人間以外も許される。

資料によると永遠の命を得た女は朔の刻に死にかけた野狐《のぎつね》に自分の血を注ぎ、命を譲ると約束した。契約が成立すると、命を受け取った狐は彼女の肉を喰らい、命のやり取りは完結。その後、妖狐《ようこ》となって八百年の命を生きたとされている。

くしくも、今日は朔の日――一日だ。天が司波の望みを叶《かな》えようとしているみたいで、見えない力の存在を感じずにはいられない。早く捜さなければ。

小室の顔を思い出したが、司波が彼の娘にそんなことをするとは思えなかった。

じゃあ、誰に命を譲り渡すつもりだろう。誰に。

人間でなくていいのなら、死にかけの動物。死にかけの魚。死にかけの――。

「……樹木だ」

矢代は、司波と蟬の羽化を見に行った時のことを思い出していた。枯れかけた桜の大樹。

司波はそこだ。そこにいる。


最寄りの駅で拾ったタクシーから飛び降りた頃には、辺りは真っ暗になっていた。時計を見ると、朔の刻まであと数分だ。以前ならこんな暗闇を一人では歩けなかっただろう。だが、今は司波を見つけることで頭がいっぱいで怖いなんて感じる余裕すらない。

「司波さんっ！　司波さんっ！」

叫びながら山の斜面を登っていく。はっきりとわかる目印があるわけではなく、勘を頼りに捜すしかなかった。息があがり、足が思うように動かなくて焦る。本当にここで合っているのかという不安もあった。

いや、必ずここに来る。

資料では、命を譲り渡した相手は人間ではなかった。

司波も人間には譲らない。それは間違いない。自分が楽になるために他人を犠牲にするような人ではないのだから。何度も自分を勇気づけて足を動かす。

枯れかけの桜の大樹が見えてきた。あそこだ。

「司波さん！」

木の根もとに黒い塊がある。それが倒れた司波だと気づいた時は血の気が引いた。駆け寄ると、桜の根元を掘り起こした形跡がある。手で掘ったのか、辺りに道具はない。

雨が降ったわけでもないのに、地面が湿っていた。手で触れると、赤く染まっている。血を注いだあとだ。心音を確かめたが、音は聞こえない。脈も同じだった。

「どうして……っ」

間に合わなかった。へなへなと座り込み、司波の躰を抱き起こす。

狐に命を譲り渡した話とそっくりだった。木が血を吸って、命を譲ると約束したことになったのだろう。腐敗した司波の肉体が栄養として吸収されれば、命のやり取りは完結する。

『俺は永久に喰うだけだなと思ってな』

以前、食物連鎖について話したことを思い出した。これで、繋がることができる。

桜の木を見上げると、蟬の抜け殻がついていた。桜の樹液を好む蟬は多いという。この木は、これまでたくさんの命を育んできただろう。蟬だけじゃない。鳥が巣を作ったこともあっただろうし、花が咲けば蜜を取りにくる虫もいたはずだ。雨の日には茂った葉の裏で休む虫もいたに違いない。

だから、桜の木に命を譲り渡したのだ。

あと八百年、この桜は命を繋ぐ。司波が選んだ死は、決して命を粗末にするものではなく、むしろ命を護《まも》るための死だった。

司波らしいと思った。だから、好きになったのだとも。

「やっと……死ねたんですね」

喜ぶべきだと、自分に言い聞かせた。謝ることも、気持ちを伝えることもできなかったが、永遠の命は――司波の苦しみは終わった。

これでいい。これでいいのだと。それなのに、涙がとまらない。

いつからなのかわからないくらい、ずっと好きだった。子供の頃からの記憶。再会してからの記憶。すべて矢代のものだ。

「ぅう……っ、……ぅう……く」

その時、ふいに森の気配が変わった。霧雨だ。葉に当たる霧雨の音が囁《ささや》きのように、森全体を包んでいた。

霧雨に似ていると司波に言われたことがあったのを思い出す。あのできごとを共有してくれる人は、もういない。これからは、二人の思い出を一人で抱えていくしかない。

立ち上がる気になれず、司波を抱いたまままそこに座り込んでいた。枯れかけの桜は葉がほとんど落ちていて、いつの間にかずぶ濡れになっている。それでも動く気にはなれなかった。

この雨が、哀しみも何もかも洗い流してくれればいいのに。

そう願った瞬間、司波の躰に反応が現れた。

「司波さん？」

ピクリと、指先が動いたように見える。司波を地面に寝かせ、スマートフォンの灯りで顔を照らした。ピクリ。今度は瞼《まぶた》が震えた。見間違えなんかじゃない。確かに動いた。

「司波さんっ、司波さんっ！」

何度も叫んでいると、瞼がゆっくりと開いた。

「……矢代？」

「司波さんっ、よかった、生きて……っ」

抱きついて確かめた。生きていることを。その躰に血が流れていることを。けれども司波は、落胆の色を声に乗せる。

「そうか、俺は死ななかったんだな。資料は間違いだったのか」

「ごめんなさい、俺のせいで……俺が、確かめもせずにあんな薬を飲ませてしまったから」

矢代は躰を離して司波をまっすぐに見た。不可解そうな顔をされる。当然だ。自分でもまだ信じられないくらいなのだから。

「やっと思い出したんです。前世を……俺が清《きよ》だった頃のことを」

「……きよ？」

「俺たちは、葦の群生する川辺で会ってた。そうですよね？」

思い出すのは、川面に映るキラキラとした光と、葦の間から覗く司波の顔だ。

「そんなはずは……」と言いかけて、司波は続けた。

「あいつの名前、教えてないよな？」

「司波って名前は、清だった頃の俺を引き取ってくれた先生のものですよね」

当時、庶民が苗字《みょうじ》を公に名乗るよう許されたばかりで、現在の戸籍制度も確立されていなかった。清をあの世界から飛び立たせようとした恩人の名を、司波はずっと名乗っていたのだ。

「清？　本当に、お前なのか？」

「やっと思い出したんです。自分がなぜ生まれ変わってきたのか」

自分が清であると証明するために、覚えている前世の記憶を言葉にした。司波が話したことのないものもすべて。

矢代は、清だった頃の自分が今の自分と融合するのを感じた。矢代樹《いつき》として経験していない過去が、自分のこととして溶け込んでくる。

「俺は謝りたかった。浅はかだった。浅はかだったせいで、あなたがつらい目に」

「謝るのは俺のほうだ。俺のためにお前が盗みを働いて……あんな殺され方をして」

「自業自得だからいいんです。俺はいい。だけどあなたは俺のせいで呪われた肉体のまま、ずっと生きてきた」

「俺のためにしたことだ」

「でも、死ねずに苦しんできた。言ってたでしょ。小室先生に連れていかれた時、自分は人間なのかって。怪物だって。失うだけの人生だって」

あの時のことが蘇ってくる。

自分を何度も刺しながら、司波は訴えた。娘がこんなふうになっていいのかと。

生きた言葉だったから、不老不死の命に苦しんできた人間の言葉だったから、小室は自分の間違いに気づき、諦めた。他の人間にはできなかっただろう。

「そのくらいつらいうちに入らない。俺が苦しかったのは、お前の未来を台無しにしたからだ。医者になるって夢を……」

「そんなの、あなたの苦しみに比べたら」

「俺だって……」

言葉はそこで途切れた。しばし見つめ合ったあと表情を緩める。

お互い、自分のせいだ。自分が悪いと言うばかりで、同じことの繰り返しだ。

「もうやめよう」

矢代は黙って頷いた。すると、司波の手が伸びてきて抱き締められる。血と土と汗。穏やかな匂いではないが、ようやくたどり着いた。抱き締め返し、ここにこうして二人でいる奇跡を実感する。

「誓ったんです。蔵の中で死ぬ瞬間、もう一度この世に生まれてきて、死ねなくなったあなたの命にケリをつけようって。決して一人にはしないって。一人で永遠の命を生きるなんてことは絶対にさせないって」

「俺たちが出会ったのは、ただの偶然じゃないんだな」

車で司波を撥《は》ねたのも、死から見放された司波を放っておけず死に方を一緒に探すことにしたのも、闇や閉所への恐怖のせいで普通に生きられずに流れから転がり出たみたいに感じていたのも、全部ここに繋がっている。

「随分遠回りしましたね」

「そうだな。でも、遠回りが悪いとは限らない」

ゆっくりと躰を離すと、見つめられる。司波の目は、いつになく穏やかだった。

「出会ってすぐに記憶が戻ってたら、俺は生まれ変わったあんたをここまで好きにならなかったかもしれない。清だけしか見られなかっただろうからな」

「……司波さん」

「清を忘れてあんたを好きになるつもりかって、何度も自問したよ。気持ちを抑えようとしたのに、駄目だった。ずっと暗闇の中を歩いてるような人生だったのに、死ぬために生きてたってのに、死にたくなくなった」

嬉しかった。

清の生まれ変わりだからじゃなく、今の自分をもう一度好きになってくれたのだ。

同じだ。この気持ちは、前世とは関係ない。自分が清でなかったとしても、司波を好きになった。それだけは自信を持って言える。

「探しましょう、もう一度。俺が生きてるうちに、あなたの命にケリを……」

言いかけたところで制された。

「いいんだよ、もう。死に方を探すために人生をかけるような生き方はしてほしくない」

「でも……っ」

「あんたに黙って死のうとしたのは、不老不死の俺の存在が負担になると思ったからだ。生きるのがつらかったからじゃない。それに、俺には生き甲斐《がい》ができた。置いていかれても、生まれ変わったお前を見つけるために生きるよ」

ドキリとした。

生まれ変わったお前を見つけるために。

「司波さん……」

「それなら生きていける。希望がある。それで十分だ。死に方を探しながら生きる人生は、もう終わりにしたい。二人の時間を大事にしたいんだ」

司波が手にした不老不死の命は、その言葉どおり永遠に終わらないかもしれない。八百比丘尼《やおびくに》伝説に多く見られるように、八百年の年月を経て呪いが解けるのかもしれない。不確かなことばかりだ。

どんな未来が待っているかわからないのに、司波はそれでもいいと言う。

「じゃあ、必ず俺を見つけてください。俺も何度だって生まれ変わってきますので」

「ああ。絶対に見つけてやる」

雨。

顔を濡らす霧のようなそれは、二人を優しく包んでいた。

「俺たちが最初に出会った時も、こんな雨でしたね」

「ああ」

静まり返った森が優しさに包まれる。落ちてくるのではなく、舞い降りるように降るそれは、二人を祝福しているようにも感じた。

部屋に戻った二人は、一緒にバスルームへ向かった。

どちらが先に入るかで揉《も》めたが、司波の熱っぽい「じゃあ一緒に入ろう」というひとことが矢代の情欲に火をつけた。二人の間の穏やかだった空気は、一瞬にして淫靡さを伴う。

「ぅん……っ、んんっ」

シャワーの中で交わす口づけは、苦しくて、甘かった。先ほどの霧雨とは違い、熱いそれに叩かれていると情欲を煽られる。肌を刺激する強さが、性欲へ直結する。

「子供の、頃……から、……はぁ……っ、ずっと……好き、でした……、……は……ぁ」

「俺もだよ」

「……はぁ……っ、ぁ……ん、ぅん、ぅ……ん」

清だった頃の記憶があるのとないのとでは、まったく違った。前世の記憶を取り戻した矢代は、紛れもなくあの頃からこうしたかったのだと、実感した。葦の群生する場所で司波を見つけた時の気持ちは、確かに恋だった。

ただ会うだけでもよかった。あの頃こうしていたら、今はなかったかもしれない。

「あの土手から……あなたの姿を……見つけた時、嬉しかった……っ」

遊郭から帰る自分を見送るために、葦の中に身を隠すようにしていた司波に気づいた時の気持ちが蘇ってくる。会えるなんて思っておらず、思いがけない幸運に胸が高鳴った。

「……それから、帰りはいつも……探す、ように……、……ぁあ……ぅん」

「隠れても、すぐに……見つかったもんな。本当は、こっそり……見るだけのつもりだったんだ。でも、嬉しそうに駆けてきやがるから……」

「だって……っ」

会いたかったから。いつも、会いたいと思っていたから。

その言葉は、司波の唇の下に消えた。

「──ぅん……っ、ん、ん、んんっ」

唇を吸われ、舌を吸われ、時折軽く噛まれた。無遠慮な舌に口内を舐め回されると、そこが性感帯になったかのようだった。舌だけでなく、頬の内側や歯茎までもが司波の舌を感じて快感を得ている。

蘇る記憶が、あの頃の気持ちが、今の矢代に積み重ねられていく。司波への想いは収まりきれず、はちきれんばかりだというのに。

もっと司波を口に含みたくなった。舌も唇も指も。

「欲張りな口だな」

夢中で求めていると、呆《あき》れるように言われた。目が合い、いとおしむような視線を向けられてますます昂る。長年積み重ねた想いが、切実に欲しがらせていた。

もっと口の中に入れたい。司波の一部を。司波自身を。

目の前に跪くことに抵抗はなかった。

「おい、無理に……、——っ」

「……ぅん」

すでにそそり勃っているそれを口に含んだ途端、雄の匂いが広がった。その形を確かめるように舌を這わせる。司波の反応が舌に伝わってきて、こんなふうに震えるのかと驚きを隠せなかった。

悦びのわななきを舌で感じるほどに、男を刺激される。奉仕することが時に攻撃的だと気づいて、司波がもっと欲しくなった。

自分の中にこれほど貪欲な獣が隠れていたなんて。

「ぁ……、……ぅん。ん……ん、……ッふ」

頭を撫でられ、夢中で食《は》む。もっと感じたかった。司波の反応を。司波自身を。

「俺にもやらせろ」

「んぁ……」

引き抜かれ、口寂しさを覚えた。飢えを満たされないまま、タイルの上に座らされて同じことをされる。

「あっ！」

漏れたのは、掠れた、うわずった声だった。自分のものとは思えないほど甘いそれは、容赦なく聴覚を刺激する。鏡の前でセックスをしているのと同じだった。目と耳の違いだけだ。はしたなく欲しがる自分を、ありのままに、生々しく映し出している。そしてそれはバスルームに反響し、矢代の中で増幅した。

「ぁ……っく、……ふ、あ、あ、あっ、……ぁあ……っ！」

司波の口の中は熱くて、蕩けそうだ。

ビクン、と時折躰が跳ねるのが、恥ずかしくてたまらない。自分の稚拙な愛撫に比べて、司波の巧みなことといったら……。

思えば遊郭で一緒に暮らしていた頃も、司波は性的に成熟するのが早かった。男と女が睦《むつ》み合うところを覗きに行こうと誘ったのは司波だったし、男同士でもできると教えてくれたのも司波だった。女を先に知ったのも然《しか》り。

清だった矢代は、男の悦びを知らぬまま遊郭を出た。

医師のもとで見習いを始めてからもそうだ。生きるために性欲の捌《は》け口として男の道具にされてきた女たちに、いつまでも子供のように接されていたのを覚えている。時には誘惑されたが、真っ赤になるのを見て楽しんでいるだけなのもわかっていた。

それに比べて、司波の、彼女らへの態度のなんと毅然《きぜん》としていたことか。

逞《たくま》しく成長した司波に向けられる女の目に、情欲の色が混ざっているのを何度か見たことがある。

粘度のある視線が幼馴染みを捉えるのを見た時に抱いたのは、単純な羨望ではなく、言葉にし尽くしがたい感情だった。

「……ぁ……っ」

次々と蘇る記憶に、ますます想いは深まっていく。清として、矢代として、重ねてきた想いに肉欲はよりいっそう刺激された。

目の前で動く司波の頭頂部を眺めていると、あっという間に高みに連れていかれる。

「あ、も……、……ぁ……っ！」

小さな呻《うめ》きとともに訪れる絶頂。つま先に力が入るが、地面を捉えていないせいで力の行き場がなく、攣《つ》ったようになる。欲望を放つと、ようやく中心を解放された。

「シャワーで流れるからな」

司波は立ち上がりながらカランをひねった。途端に騒がしかった空間が静まり返る。嵐と凪《なぎ》ほどの差だ。シンとしたバスルームが、こんなにも音を響かせるものだったなんて、今まで気にしたことなどなかったのに。多分に水を含んだ空気は矢代が隠したがっている本音も、微《かす》かに漏れる情欲の証《あか》しも、つまびらかにしてしまう。

促されてよろよろと立ち上がると、壁に両手をつかされた。尻を突き出すよう言われ、ようやく先ほどの言葉の意味がわかる。

「ぁ……っ」

いつの間に持ち込んだのか、司波は洗面台に置いてあったはずの乳液を手にしていた。尾骨の辺りにたっぷりと垂らされたそれは、愛撫するように双丘の谷間に流れていく。さらに蕾みを撫でたあと、陰嚢《いんのう》まで垂れていった。

「司波、さ……ぁ、……ぁ……っ」

矢代の躰がたっぷりと潤っているのを確かめるように、司波の指が肌の上を滑る。まだ触れられていない蕾みがひくつくのは、甘い期待に疼《うず》いているからだろうか。

はしたない自分を恥じるが、それに気づいた司波は嬉しそうに「ふ」と息を吐いた。そしていきなり侵入を試みようとする。

「ずっと、嫉妬してた」

誰に、と問うまでもなく司波は続けた。

「お前が来ると、妓楼《ぎろう》にいる女たちが浮き足立つ」

「んぁっ、……ぁ……、そんな……こと、な……っ、俺は……ただ、からかわれて……、はぁ……っ、……く」

お仕置きされている気分だった。自分より司波のほうが……、と反論したいが、声にならない。

「俺のもんだって、誇示したくなった。——今もだよ」

「あっ！」

乳液で滑りがよくなった指は、異物の侵入を拒もうとする貞淑なすぼまりをいとも簡単に拓かせようとした。平気だから、痛くないからと、やんわりと言いくるめられている。

苦しいのに、呑み込んでしまわずにはいられない。

「はぁ……っ、……ぁ」

くちゅ、と粘度のある音を、湿度の高いバスルームの空気が増幅させた。くちゅ、くちゅ、とその動きに合わせて耳に流れ込んでくる。

「ぁ……っく、……ぅ……う……っく、……んっ」

音に犯されているようだった。司波も同じ音を聞いているのだと思うと、恥ずかしくてたまらない。

「ぁあっ！」

指を二本に増やされた瞬間、責め苦の中に悦びの瞬間があることに気づいた。それは司波と眺めた線香花火のように、一瞬現れては消える光の柱のように儚《はかな》いものだった。けれどもそれに縋《すが》っていると、高温になった液体の粒が連鎖的に弾けるように、矢代の悦びもまた次々と姿を現す。

「はぁ……っ、……あぁ……ぁ」

悦楽はあっという間に苦痛を侵食していった。自分の中を掻き回す指を喰い締めずにはいられない。そんな矢代の反応に、司波は耳朶《じだ》に唇を押し当てたまま「まだ狭いな」。

愉《たの》しげなつぶやきだった。

「挿《い》れていいか？」

「聞か、……な……で、くだ……、……ぁあっ！」

いきなり先端をねじ込まれ、息をつまらせる。弾力のあるそれは、指とは比べものにならないくらい嵩《かさ》があり、肉体も心もすべて司波でいっぱいにされた。

「ぁあっ、待……っ、……待って……っ、……ぁあ……ぁ」

「聞かないでって言ったのはそっちだぞ」

含み笑うように言われ、きつく目を閉じた。そうだ。そのとおりだ。あれは同意だった。今さら待ってだなんて、そんな顔をされるのも当然だ。

しかし、言葉とは裏腹に、先端が奥に届くほど強く尻に股間を密着させられると、動きはとまった。繋いでいた手を思いがけず放されるかのように、欲望のやり場がわからない。

「んぁ……ぁ、……ッは、……ぁ……っ！」

自分の後ろが欲しがって収縮しているのがわかった。お願い、お願い、と強い刺激を求めている。

「ぁあ、あっ、……はぁ……っ」

耳を塞ぎたかった。司波はほとんど動いていないのに、その太さを味わいながら濡れそぼっている。

「待って欲しいんだろ？」

「ぅ……っく、……ぁ……あ」

「いつまで待てばいい？」

唇を嚙んで、頭を振った。もう、いいから。待たなくていいから。

すぐに言葉にできず、飢えに苛《さいな》まれる。欲しがって啜《すす》り泣く獣をこのまま自分の中に閉じ込めていたら、どうにかなりそうだ。

「……はや、く……、……ぁ……あ……、……はぁ……っ」

「動いていいのか？」

頷くと、いきなりズルリと引き抜かれる。

「――んあぁぁ……っ！」

漏らしそうになった。膝から力が抜けて座り込みそうになるが、突き上げられ、震える足で立っていた。さらに引き抜かれ、また深々と収められる。

徐々にリズミカルな動きに合わせて、矢代もこの行為に夢中になっていった。

「もう、待たないぞ」

「あ、あ、あぁ、あ」

肉体に融点があるとすれば、とっくにそれを越えているだろう。司波を咥《くわ》えた場所は、こんなにも淫らに、声高に、歓喜している。

「イイか？」

「……ぅ……っく、……はぁ……っ、……ぁ……あぁ、……ッふ」

ようやく巡り会えた相手。その心に別の誰かが住んでいると思い込んでいた相手。これほど満たされたことはない。

「中に出すぞ」

「あ！」

耳朶を甘噛みされながら注がれる囁きからは、余裕が失われていた。自分の中で司波がより嵩を増した気がする。さらに動きは激しくなり、絶頂の予感に身を委ねた。

「ぁあ、ぁあっ、あ、あ、──ぁぁあああ……っ！」

ズドン、と腹の奥に熱い迸《ほとばし》りを受け、矢代は震える躰でそれを受け止めた。一滴残らず注ごうとする司波に、尻を突き出して応える。顎に手をかけられると、振り返って口づけに応えた。

もう一回。

言葉でねだる代わりに、向かい合って首に腕を回す。

「ん……」

バスルームに反響する声が、さらに甘さを帯びていった。

夕暮れの日差しが部屋に差し込んでいた。

シングルベッドで二人寝ていた矢代は、侵食してくる夜をこれまでと違う気持ちで待っている。背中に感じる司波の体温は心地よく、ゆったりした気持ちでまどろんでいた。

「もうすぐ夜だな」

「はい」

「灯りつけるか？　すぐ暗くなるぞ」

「司波さんがいるし、それに原因がわかったから、今は大丈夫です。多分」

溶けてなくなってしまうのではないかというほど、貪り合った。司波を後ろで受け入れ、何度も求めた。何度も。何度も。

今も司波の感覚が残っていた。こんなにも、いとおしい疲労があっただろうか。

「死ななくてよかったよ」

回された腕を摑《つか》み、力を籠めた。

死を求めて生きていたような司波の口から、こんな言葉が聞けるなんて、これほど嬉しいことはない。

「そう思えるようになってよかったです」

「あんたのおかげだ」

司波は大きな一歩を踏み出した。続く限りその命を生きる覚悟と言ってもいいのかもしれない。そんな姿を見ていると、自分も前向きな気持ちになれる。

「俺も仕事探さないとな」

「すぐに見つかる」

「そうですね」

次もまた、塾の講師をしよう。子供に教えるのは好きだ。誰かを導くなんて大きなことはできないかもしれないが、前に進む手伝いをしたい。

そう言うと、司波は「あんたらしい」と笑った。清だった頃も、医師という仕事に魅力を感じたのは、誰かの未来を切り開く手伝いができるからだ。昔から誰かをサポートするのが好きだったんだなと改めて思う。

「次はもっと早く見つけるよ。清だった頃から、全然変わってない。すぐに見つかる」

「俺はまた忘れるんですかね？」

必ず生まれ変わるという保証はないが、なぜかまた会えると信じられた。この命が尽きても、決して終わりにはならない。どんな形でも司波のもとへたどり着くだろう。

「次は覚えたままかもしんねぇぞ」

「もし、再会する前に思い出したら、どうしましょう。ただ待ってるなんてできないから、探すと思います」

「待ち合わせでもするか」

「あ、それいいですね」

待ち合わせと言っても、次がいつなのかわからない。場所を決めようにも、そう簡単には決められない。それでも再会の瞬間を想像するのは、楽しかった。以前ならこうはいかなかっただろう。信じる力を、強さを身につけられたのかもしれない。

「長い月日が経《た》っても変わらないものの近くがいいですよね」

「何年単位じゃなく、何十年何百年単位か」

二人して考え、結論を出した。

海。

変わらないものと言えばそのくらいしか浮かばない。海岸の景色が多少変化しても、地形が大きく変動することはないだろう。したとしても、それほど大きな変化があったら他のものを目印にしても無駄だ。

「どこの海にしようか」

清だった頃に二人がいた場所は東北の小さな街だ。そこから一番近い海がいいと言うと、司波も同意する。

葦の群生する川辺で逢い引きのようなことをしていた頃から、水はいつも傍にあった気がする。そう言うと、司波もあの景色をよく覚えていると言った。あの時間が、かけがえのないものだったとも。

『清』

『彰正』

葦の間から覗く互いの顔を見つけた瞬間、同じ気持ちだったなんて。

司波と前世の記憶を共有できることが嬉しい。

「記憶を持ったまま生まれ変わったら、待ち合わせ場所に行きます。それなら探さなくても会えますよね。いつにします？」

「そうだな。毎年七月七日ってのはどうだ？」

「七夕ですか？」

「俺たちが出会った日だ。覚えやすいだろう？」

「絶対忘れないですね」

「明日辺り行ってみるか。そろそろ仕事探すんだろ？」

「あ、行きたいです」

窓から差し込んでいた光が徐々に勢いをなくし、部屋は闇に包まれた。

いつになく外は静かで、二人のために皆が気を利かせてくれたんじゃないかと思った。普段ならどこからともなく流れてくる子供の笑い声も、車の走行音も聞こえてこない。

「暗いのは平気か？」

「みたいです」

司波の腕から抜け出し、ベッドを下りた。掃きだし窓を開けると、太陽の名残が西の空に微かに残っているだけだった。東の空に瞬く星を見つける。

「部屋の灯りを消すと、こんなところからでも星ってよく見えるんですね」

このマンションに住むようになって初めて目にする景色だ。こんなに綺麗《きれい》な夜空がすぐ傍にあったと知ることができてよかった。

司波が来て、隣に立つ。

「これからはいくらでも見られる。また蟬の羽化を見に行ってもいいしな」

「そうですね」

未来についての話をしていると心が穏やかになり、睡魔が下りてくる。

矢代は、司波の肩を借りて話の途中で寝てしまっていた。希望はどんな子守唄よりも、心地よく眠りにつかせてくれる。

幸せな時間だった。限りある命を生きる者にとって、いつかは終わる時間。だからこそかけがえのない大切なものだ。

そして、それは繰り返される。永遠に。

太陽はその寡黙さに反して、今日も苛烈だった。ジリジリと照りつけ、地上に出てくる者から体力を奪い続けている。まるでそうすることが唯一の役割だというように。

雲一つない空では、太陽は誰にも邪魔されず、力を発揮する。

こんな空の日は、目の前に広がるインディゴブルーの海も穏やかで、寄せては返す波の歌声も耳に心地よかった。何時間でも座っていられる。

水と砂だけの大地。灼熱《しゃくねつ》の世界。

海岸にいる司波の周りは砂の大地で、背後には砂丘が広がっていた。遥《はる》か遠くに見えるのは、発達した文明の残骸だ。荒廃したビルは、あっけらかんとした天気の下で、そこだけが過去の亡霊のように立っている。

日本から四季がなくなり、砂漠化が進んだ結果、大雨か干ばつかといった極端な天候が当たり前になっていた。生態系も崩れ、草木の育たない不毛な地も増えた。地下へ、地下へと人は追いやられ、滅多に地上には出てこない。

それでも、人々は逞しく生きている。

矢代の死により再び一人になった司波は、出会う人に清の、矢代の片鱗《へんりん》を探し続けていた。いまだに見つからないが、もし生まれ変わってきたら見つけられる自信があった。二度と見失わない自信が。

しばらく海を眺めていると、ザ、ザ、ザ、と砂を踏みしめながら歩いてくる音がした。ゆっくりと振り返ると、華奢《きゃしゃ》な躰つきをした少女の姿が見える。少年かもしれない。

強い日差しから身を守るために、全身白の衣服で身を包んでいた。顔も白い布で覆っている。

自分に向かって歩いているとわかり、立ち上がった。背丈が胸の位置ほどしかない。布の間から見える目は、頭上に広がる空と同じ色をしていた。めずらしい色だ。

「こんなところで大丈夫ですか？」

声からして、少年のようだった。何日もここに座っている司波を心配したのだろう。数日前も姿を見たのを思い出した。あの時は母親らしき人と一緒だった。

この近くに住んでいるのかもしれない。

「ああ、心配しなくていい」

「火傷《やけど》しますよ」

「大丈夫だよ」

「何してるんですか？」

「待ち合わせだ」

「待ち合わせ？」

「ああ」

「ここで?」

「ああ、ここでだ」

こんな場所で待ち合わせだなんて、さぞかし変に思っただろう。これまでも、ここを通る者に何度も同じ顔をされた。それでも離れるつもりはない。

「その人はいつ来るんですか?」

「七夕の日だ」

「七夕って?」

「恋人たちが巡り会える日だ」

「それはいつなんです?」

「いつでもいいさ」

ますます変に思っただろう。眉間にシワを寄せ、考え込んでいる。司波の日焼けした腕に視線が注がれた。

「これをあげます」

水の入った革袋を差し出される。貴重な水だ。

「俺は平気だよ。死なないから」

「いいから、遠慮せず。どうせもう帰るところですから」

ありがたく貰《もら》うことにした。イイ子だ。

「じゃあ、気をつけて」

少年が立ち去ると、また海を眺める。

心は穏やかだった。二人の間で交わした約束を今も信じているからだ。

待ち合わせは七夕と決めていたが、今日が何日なのか正確にはわからない。だが、ありとあらゆることをやり尽くした。空腹にも慣れ、待つだけの人生に今では幸せも感じられる。待ち人がいるだけで、こんなにも心が凪《な》ぐ。

今回はどんな姿で現れるのだろう。

しばらく待っていると、風が変わった。丘から吹くのは熱風だったが、今までに感じたことのない、いや、何百年ぶりに感じる爽やかな風になる。海風とも違った。

立ち上がって周りを見渡す。

広い大地に待ち人らしき姿はないが、確かに全身で気配を捉えていた。

「海よ、海。私はじめて見る」

海岸線の向こうで声がした。男女のカップルだ。海を見に来たらしい。わざわざこんなところに出てくるなんて酔狂なことだ。どんな過酷な場所でも、恋人たちにとって楽園みたいなものなのだろう。

さらに強く、矢代の気配を感じた。すぐそこまで来ている。

どこだ。

探すのも悪くなかった。恋人たちのはしゃぐ声にあてられたのかもしれない。

「うわぁ、何これ」

その時、自分の頬が濡れているのに気づいた。

空を見上げると、淡いヴェールがかかったように見えた。光を纏《まと》うそれは、微小な雨の粒だった。叩きつけるのではなく、吸いつくように肌を濡らす。

霧雨だ。

太陽はこんなにも我が物顔で世界を焼いているのに、これほど繊細な降り方をするなんて。

「すごいすごい、何これ！」

「うわ、涼しい。上着脱いでも平気だ」

騒ぎだす男女の声に、人が出てきた。みんなめずらしがって空を見上げている。触れたかどうかわからないほどの小さな雨粒は、光を弾きかえし、世界を彩っている。

こんなに人がいたのかと思うほど海岸は人で溢れ、大地を優しく湿らせる雨を歓迎した。人の命を奪わない、優しい雨。

戻ってきたのか、その中に先ほどの少年もいる。

司波はもう一度空を見上げた。目を閉じてしまうと本当に降っているかわからないほど控え目に触れてくるが、長い間晒されていると心にまで染み込んでくる。

ようやく見つけた。

再び会えると信じていた。もう一度、この世に生を受けて戻ってくると。

「待ってたぞ」

司波はそうつぶやき、両手を広げて全身で矢代を感じた。

あとがき

デビュー二十周年になります。こんにちは、もしくははじめまして。

二十年前の八月、この本が出る同じ月にデビュー文庫が出ました。あれから二十年。こうして作家として生きていられるのも、皆様のおかげです。感謝してもしきれません。

デビュー当時、先輩作家さんにどういうスタンスで仕事をしていくつもりかと聞かれ、素直にその時の意気込みをお伝えしたら「そんな甘い考えじゃこの業界生き残れない」とこっぴどく叱られました。二十年経った今、奇跡的に生き残っています。

ちなみに彼女もまだBL業界でご活躍されています。彼女の言ったことも間違いではないのです。作家が百人いれば百通りのやり方があるというだけです。作家が生き残るための常識も、自分が例外的にあてはまらないのであれば、本人にとってそれは常識ではないのです。

正直言うと、彼女のアドバイスを素直に聞いていれば、もっと売れていたかもしれないと思うことはあります。でも、そうしていたら、たとえ今よりずっと売れていたとしても、私は小説を書くことが嫌いになっていたでしょう。自滅して、放り出していたでしょう。

私は自分の書きたい気持ちを大事にしてきました。読者様が何を求めているかよりも優先したかもしれません。商業作家としては失格かもしれないとも思っています。ですが、私の書きたい気持ちを大事にしてくれる版元様、担当様のおかげで作品を提供し続けることができました。そして何より、読者様の支えがあったからこそ、ここまで走ってこられたとも思っています。今回、賛否分かれそうな（否のほうが多そうな）終わり方にしてしまったのも、たとえ否が多くてもこのラストにしたいと思ったからです。お気に召さなかったらごめんなさい。でも、私は私の書きたい気持ちに誠実でありたいのです。嘘をつきたくないのです。

デビューして二十年。今も小説を書くことが大好きです。文章で自分の世界を表現することが大好きです。私は子供の頃から飽きっぽく、何事も続かない性格でした。そんな私が、デビュー二十年目にして好きな気持ちが一番高まっているんじゃないかというくらい、小説を書くことに情熱を燃やしています。貪欲でいられます。努力することが苦にならないです。

小説を好きでいさせてくださり、本当にありがとうございます。

それでは、イラストをつけてくださった麻々原絵里依《ままはらえりい》先生。とても素敵なイラストをありがとうございました。拙い私の作品が華やかに彩られて嬉しいです。

最後に、二十年生き残れたことへ、皆様へ改めて感謝をお伝えしたいです。版元様、担当様、読者様。皆様のおかげで私は存在しています。

これからも自分に嘘をつくことなく、魂を込めて作品に取り組むことを誓います。

中原《なかはら》　一也《かずや》

この本を読んでのご意見、ご感想を編集部までお寄せください。

《あて先》〒141−8202　東京都品川区上大崎3−1−1　徳間書店　キャラ編集部気付
「幾千の夜を超えて君と」係

【読者アンケートフォーム】

ＱＲコードより作品の感想・アンケートをお送り頂けます。

Ｃｈａｒａ公式サイト http://www.chara-info.net/

Chara

幾千の夜を超えて君と………【キャラ文庫】

■初出一覧

幾千の夜を超えて君と……書き下ろし

2021年8月31日　初刷

著者　中原一也

発行者　松下俊也

発行所　株式会社徳間書店

〒141-8202　東京都品川区上大崎3-1-1

電話　049-293-5521（販売部）

03-5403-4348（編集部）

振替　00140-0-44392

印刷・製本　図書印刷株式会社

カバー・口絵　近代美術株式会社

デザイン　モンマ蚕（ムシカゴグラフィクス）

ISBN978-4-19-901040-8

中原一也の本

好評発売中

［拝啓、百年先の世界のあなたへ］

イラスト✦笠井あゆみ

初めましてご主人様。私は執事型アンドロイドのキースです――金髪碧眼でお伽話から抜け出た王子様のような美男が、突然闇夜に現れた⁉　闖入者に驚いたのは、一度は小説家としてデビューしながら、挫折してフリーター暮らしをしていたなつめ。流暢な日本語を話すキースは、なんと未来のなつめの子孫から、筆を折ったなつめにもう一度小説を書かせるために遣わされたのだと告げてきて…⁉

中原一也の本

好評発売中

［街の赤ずきんと迷える狼］

イラスト✦みずかねりょう

氾濫する薬物と組織犯罪から社会秩序を守るため、酒と煙草の違法入手が禁じられた未来──赤いマントを纏い、夜の街を華麗に徘徊する謎の運び屋「赤ずきん」。標的に追うのは警視庁の特殊部隊≪ウルフ≫の捜査官・向井《むかい》だ。人目を引いては警察を翻弄してくる男を、次こそは捕まえる!!　男の身のこなしに只者じゃない風格を感じていたある日、男がなんと元ウルフの創設メンバーだったと判明し…!?

キャラ文庫既刊

英田サキ
[DEADLOCK] シリーズ全3巻 ill：高階 佑
[SIMPLEX DEADLOCK外伝] ill：高階 佑
[STAY DEADLOCK番外編1] ill：高階 佑
[AWAY DEADLOCK番外編2] ill：高階 佑
[OUTLIVE DEADLOCK season 2] ill：高階 佑
[PROMISING DEADLOCK season 2] ill：高階 佑
[BUDDY DEADLOCK season 2] ill：高階 佑
[HARD TIME DEADLOCK外伝] ill：高階 佑
[恋ひめやも] ill：小山田あみ
[ダブル・バインド] 全4巻 ill：葛西リカコ
[アウトフェイス ダブル・バインド外伝] ill：葛西リカコ
[すべてはこの夜に] ill：笠井あゆみ

秋月こお
[王朝春宵ロマンセ] シリーズ全4巻 ill：唯月 一
[王朝ロマンセ外伝] シリーズ全3巻 ill：唯月 一
[幸村殿、艶にて候] 全7巻 ill：九號
[公爵様の羊飼い] 全3巻 ill：円屋榎英

秋山みち花
[黒き覇王の花嫁] ill：麻々原絵里依
[騎士と魔女の養い子] ill：北沢きょう
[略奪王と雇われの騎士] ill：雪路凹子
[虎の王と百人の妃候補] ill：夏河シオリ

犬飼のの
[暴君竜を飼いならせ]
[翼竜王を飼いならせ 暴君竜を飼いならせ2]
[水竜王を飼いならせ 暴君竜を飼いならせ3]
[双竜王を飼いならせ 暴君竜を飼いならせ4]
[卵生竜を飼いならせ 暴君竜を飼いならせ5]
[幼生竜を飼いならせ 暴君竜を飼いならせ6]
[皇帝竜を飼いならせI 暴君竜を飼いならせ7]
[皇帝竜を飼いならせII 暴君竜を飼いならせ8]
[少年竜を飼いならせ 暴君竜を飼いならせ9]
[最愛竜を飼いならせ 暴君竜を飼いならせ10] ill：笠井あゆみ

海野 幸
[ifの世界で恋がはじまる] ill：高久尚子
[匿名希望で立候補させて] ill：高城リョウ
[あなたは三つ数えたら恋に落ちます] ill：湖水きよ

尾上与一
[初恋をやりなおすにあたって] ill：木下けい子
[花降る王子の婚礼]
[雪降る王妃と春のめざめ 花降る王子の婚礼2] ill：yoco

音理 雄
[俺がいないとダメでしょう?] ill：榊 空也
[農業男子とスローライフを] ill：高城リョウ

華藤えれな
[氷上のアルゼンチン・タンゴ] ill：嵩梨ナオト
[人魚姫の真珠 〜海に誓う婚礼〜] ill：北沢きょう
[白虎王の蜜月婚] ill：高緒 拾
[オメガの初恋は甘い林檎の香り 〜煌めく夜に生まれた子へ〜] ill：夏河シオリ

可南さらさ
[先輩とは呼べないけれど] ill：穂波ゆきね
[旦那様の通い婚] ill：高星麻子

かわい恋
[王と獣騎士の聖約] ill：小椋ムク
[異世界で保護竜カフェはじめました] ill：夏河シオリ

川琴ゆい華
[幼なじみクロニクル] ill：Ciel
[ぎんぎつねのお嫁入り] ill：三池ろむこ
[親友だけどキスしてみようか] ill：古澤エノ
[へたくそ王子と深海魚] ill：緒花

神奈木智
[その指だけが知っている] シリーズ全5巻 ill：小田切ほたる
[ダイヤモンドの条件] シリーズ全3巻 ill：須賀邦彦
[守護者がめざめる逢魔が時] シリーズ1〜5
[守護者がおちる呪縛の愛 守護者がめざめる逢魔が時6] ill：みずかねりょう

北ミチノ
[好奇心は蝶を殺す] ill：円陣闇丸
[星のない世界でも] ill：高久尚子

久我有加
[寮生諸君!] ill：麻々原絵里依
[獲物を狩るは赤い瞳] ill：金ひかる
[満月に降臨する美男] ill：柳ゆと

櫛野ゆい
[伯爵と革命のカナリア] ill：穂波ゆきね
[臆病ウサギと居候先の王子様] ill：石田 要
[興国の花、比翼の鳥] ill：夏河シオリ
[しのぶれど色に出でにけり輪廻の恋] ill：北沢きょう

楠田雅紀
[俺の許可なく恋するな] ill：乃一ミクロ
[恋人は、一人のはずですが。] ill：麻々原絵里依
[あの日、あの場所、あの時間へ!] ill：サマミヤアカザ
[海辺のリゾートで殺人を] ill：夏河シオリ

キャラ文庫既刊

「Brave －炎と闘う者たち－」 ill：小山田あみ

栗城 偲

「玉の輿ご用意しました」
「玉の輿謹んで返上します 玉の輿ご用意しました2」
「玉の輿新調しました 玉の輿ご用意しました3」
「玉の輿に乗ったその後の話 玉の輿ご用意しました番外編」 ill：高緒 拾
「幼なじみマネジメント」 ill：暮田マキネ

月東 湊

「親愛なる僕の妖精王へ捧ぐ」 ill：みずかねりょう
「旅の道づれは名もなき竜」 ill：テクノサマタ
「呪われた黒獅子王の小さな花嫁」 ill：円陣闇丸

ごとうしのぶ

「熱情」 ill：高久尚子

小中大豆

「妖しい薬屋と見習い狸」 ill：高星麻子
「ないものねだりの王子と騎士」 ill：北沢きょう
「十六夜月と輪廻の恋」 ill：夏河シオリ
「鏡よ鏡、毒リンゴを食べたのは誰？」 ill：みずかねりょう

桜木知沙子

「教え子のち、恋人」 ill：高久尚子

佐々木禎子

「妖狐な弟」 ill：佳門サエコ

沙野風結子

「一滴、もしくはたくさん」 ill：湖水きよ
「人喰い鬼は色に狂う」 ill：葛西リカコ
「夢を生む男」 ill：北沢きょう

「疵物の戀」 ill：みずかねりょう

秀 香穂里

「くちびるに銀の弾丸」シリーズ全2巻 ill：祭河ななを
「他人同士」全3巻 ill：新藤まゆり
「大人同士」全3巻 ill：新藤まゆり
「他人同士 －Encore!－」 ill：新藤まゆり
「ウィークエンドは男の娘」 ill：高城リョウ
「束縛志願」 ill：新藤まゆり
「肌にひそむ蝶」 ill：嵩梨ナオト
「オメガの純潔」 ill：みずかねりょう
「コンビニで拾った恋の顛末」 ill：新藤まゆり
「弟の番人」 ill：ミドリノエバ
「地味な俺が突然モテて困ってます」 ill：Ciel
「魔人が叶えたい三つのお願い」 ill：小野浜こわし
「恋に無縁なんてありえない」 ill：金ひかる
「高嶺の花を手折るまで」 ill：高城リョウ

愁堂れな

「法医学者と刑事の相性」シリーズ全2巻 ill：高階 佑
「あの頃、僕らは三人でいた」 ill：yoco
「美しき標的」 ill：小山田あみ
「ハイブリッド ～愛と正義と極道と～」 ill：水名瀬雅良

神香うらら

「恋の吊り橋効果、試しませんか？」
「恋の吊り橋効果、深めませんか？ 恋の吊り橋効果、試しませんか？2」 ill：北沢きょう
「伴侶を迎えに来日しました！」 ill：高城リョウ
「葡萄畑で蜜月を」 ill：みずかねりょう

菅野 彰

「毎日晴天！」シリーズ1～17
「花屋に三人目の店員がきた夏 毎日晴天！18」
「竜頭町三丁目帯刀家の徒然日記 毎日晴天！番外編」
「竜頭町三丁目まだ四年目の夏祭り 毎日晴天！外伝」 ill：二宮悦巳
「愛する」 ill：高久尚子
「いたいけな彼氏」 ill：湖水きよ
「成仏する気はないですか？」 ill：田丸マミタ

杉原理生

「制服と王子」 ill：井上ナヲ
「星に願いをかけながら」 ill：松尾マアタ
「錬金術師と不肖の弟子」 ill：yoco
「愛になるまで」 ill：小椋ムク

すとう茉莉沙

「触れて感じて、堕ちればいい」 ill：みずかねりょう
「営業時間外の冷たい彼」 ill：小椋ムク

砂原糖子

「シガレット×ハニー」 ill：水名瀬雅良
「灰とラブストーリー」 ill：穂波ゆきね
「猫屋敷先生と縁側の編集者」 ill：笠井あゆみ
「小説家先生の犬と春」 ill：笠井あゆみ
「アンダーエール！」 ill：小椋ムク

高尾理一

「鬼の王と契れ」シリーズ全3巻 ill：石田 要

高遠琉加

「神様も知らない」シリーズ全3巻 ill：高階 佑
「天使と悪魔の一週間」 ill：麻々原絵里依
「さよならのない国で」 ill：葛西リカコ
「刑事と灰色の鴉」 ill：サマミヤアカザ

キャラ文庫既刊

月村 奎
［そして恋がはじまる］全2巻 ill：夢花 李
［アプローチ］ ill：夏乃あゆみ
［きみに言えない秘密がある］ ill：サマミヤアカザ

遠野春日
［砂楼の花嫁］
［花嫁と誓いの薔薇 砂楼の花嫁2］
［仮装祝祭日の花嫁 砂楼の花嫁3］
［愛と絆と革命の花嫁 砂楼の花嫁4］ ill：円陣闇丸
［蜜なる異界の契約］ ill：笠井あゆみ
［黒き異界の恋人］ ill：笠井あゆみ
［疵と蜜］ ill：笠井あゆみ
［恋々 疵と蜜2］ ill：笠井あゆみ
［鼎愛－TEIAI－］ ill：嵩梨ナオト
［美しい義兄］ ill：新藤まゆり
［愛しき年上のオメガ］ ill：みずかねりょう
［やんごとなきオメガの婚姻］ ill：サマミヤアカザ
［夜間飛行］ ill：笠井あゆみ

中原一也
［愛と獣－捜査一課の相棒－］ ill：みずかねりょう
［魔性の男と言われています］ ill：草間さかえ
［花吸い鳥は高音で囀る］ ill：笠井あゆみ
［俺が好きなら咬んでみろ］ ill：小野浜こわし
［街の赤ずきんと迷える狼］ ill：みずかねりょう
［拝啓、百年先の世界のあなたへ］ ill：笠井あゆみ

凪良ゆう
［幾千の夜を超えて君と］ ill：麻々原絵里依
［恋愛前夜］
［求愛前夜 恋愛前夜2］ ill：穂波ゆきね
［天涯行き］ ill：高久尚子
［おやすみなさい、また明日］ ill：小山田あみ
［美しい彼］
［憎らしい彼 美しい彼2］
［悩ましい彼 美しい彼3］ ill：葛西リカコ
［ここで待ってる］ ill：草間さかえ
［初恋の嵐］ ill：木下けい子
［セキュリティ・ブランケット 上・下］ ill：ミドリノエバ
［きみが好きだった］ ill：宝井理人

夏乃穂足
［飼い犬に手を咬まれるな］ ill：笠井あゆみ
［真夜中の寮に君臨せし者］ ill：円陣闇丸

成瀬かの
［世界は僕にひざまずく］ ill：高星麻子
［気がついたら幽霊になってました。］ ill：yoco
［兄さんの友達］ ill：三池ろむこ
［隣の狗人の秘密］ ill：サマミヤアカザ
［神獣さまの側仕え］ ill：金ひかる

西野 花
［溺愛調教］ ill：笠井あゆみ
［陰獣たちの贄］ ill：北沢きょう
［獣神の夜伽］ ill：穂波ゆきね
［淫妃セラムと千人の男］ ill：北沢きょう
［催淫姫］ ill：古澤エノ

鳩村衣杏
［歯科医の弱点］ ill：佳門サエコ
［学生服の彼氏］ ill：金ひかる
［きれいなお兄さんに誘惑されてます］ ill：砂河深紅

樋口美沙緒
［八月七日を探して］ ill：高久尚子
［他人じゃないけれど］ ill：穂波ゆきね
［狗神の花嫁］シリーズ全2巻 ill：高星麻子
［予言者は眠らない］ ill：夏乃あゆみ
［パブリックスクール－檻の中の王－］
［パブリックスクール－群れを出た小鳥－］
［パブリックスクール－八年後の王と小鳥－］
［パブリックスクール－ツバメと殉教者－］
［パブリックスクール－ロンドンの蜜月－］
［パブリックスクール－ツバメと監督生たち－］ ill：yoco
［ヴァンパイアは我慢できない dessert］ ill：夏乃あゆみ
［王を統べる運命の子①～②］ ill：麻々原絵里依

火崎 勇
［ぬくもりインサイダー］ ill：みずかねりょう
［悪党に似合いの男］ ill：草間さかえ
［カウントダウン！］ ill：高緒 拾
［俺の知らない俺の恋］ ill：木下けい子
［ヒトデナシは惑愛する］ ill：小椋ムク
［エリート上司はお子さま!?］ ill：金ひかる
［メールの向こうの恋］ ill：麻々原絵里依

菱沢九月
［小説家は懺悔する］シリーズ全3巻 ill：高久尚子
［年下の彼氏］ ill：穂波ゆきね
［好きで子供なわけじゃない］ ill：山本小鉄子

キャラ文庫既刊

「飼い主はなつかない」 ill：高星麻子
「同い年の弟」 ill：穂波ゆきね

松岡なつき

「WILD WIND」 ill：雪舟 薫
「FLESH&BLOOD①〜㉔」 ill：①〜⑪雪舟 薫／⑫〜彩
「FLESH&BLOOD外伝 ―女王陛下の海賊たち―」 ill：彩
「FLESH&BLOOD外伝2 ―祝福された花―」 ill：彩

水原とほる

「H・K《ホンコン》ドラグネット」全4巻 ill：乃一ミクロ
「流沙の記憶」 ill：彩
「コレクション」 ill：北沢きょう
「皆殺しの天使」 ill：新藤まゆり
「刹那と愛の声を聞け」 ill：みずかねりょう
「百千万劫に愛を誓う」 ill：乃一ミクロ
「ピアノマンは今宵も不機嫌」 ill：ミドリノエバ
「名前も知らず恋に落ちた話」 ill：yoco
「監禁生活十日目」 ill：砂河深紅
「正体不明の紳士と歌姫」 ill：yoco
「彼は優しい雨」 ill：小山田あみ
「月がきれいと言えなくて」 ill：ひなこ
「見初められたはいいけれど」 ill：ミドリノエバ
「小説の登場人物と恋は成立するか？」 ill：サマミヤアカザ

水無月さらら

「座敷童が屋敷を去るとき」 ill：駒城ミチヲ
「人形遊びのお時間」 ill：夏河シオリ
「いたいけな弟子と魔導師さま」 ill：yoco
「海賊上がりの身代わり王女」 ill：サマミヤアカザ
「二度目の人生はハードモードから」 ill：木下けい子

水壬楓子

「桜姫」シリーズ全3巻 ill：長門サイチ
「森羅万象」シリーズ全3巻 ill：新藤まゆり
「王室護衛官を拝命しました」 ill：サマミヤアカザ

宮緒 葵

「蜜を喰らう獣たち」 ill：笠井あゆみ
「忘却の月に聞け」 ill：水名瀬雅良
「祝福された吸血鬼」 ill：Ciel
「悪食」
「羽化 悪食2」 ill：みずかねりょう
「百年待てたら結婚します」 ill：サマミヤアカザ

夜光 花

「不浄の回廊」
「二人暮らしのユウウツ 不浄の回廊2」 ill：小山田あみ
「ミステリー作家串田寥生の考察」
「ミステリー作家串田寥生の見解」 ill：高階 佑
「バグ」全3巻 ill：湖水きよ
「式神の名は、鬼」全3巻 ill：笠井あゆみ
「式神見習いの小鬼」 ill：笠井あゆみ

吉原理恵子

「二重螺旋」シリーズ1〜12巻 ill：円陣闇丸
「水面ノ月 二重螺旋13」
「灼視線 二重螺旋外伝」 ill：円陣闇丸
「間の楔」全6巻 ill：長門サイチ
「影の館」 ill：笠井あゆみ
「暗闇の封印 ―邂逅の章―」
「暗闇の封印 ―黎明の章―」 ill：笠井あゆみ
「銀の鎮魂歌《レクイエム》」 ill：yoco

六青みつみ

「輪廻の花〜300年の片恋〜」 ill：みずかねりょう
「鳴けない小鳥と贖いの王〜彷徨編〜」 ill：稲荷家房之介

渡海奈穂

「河童の恋物語」 ill：北沢きょう
「僕の中の声を殺して」 ill：笠井あゆみ
「狼は闇夜に潜む」 ill：マミタ
「御曹司は獣の王子に溺れる」 ill：夏河シオリ
「憑き物ごと愛してよ」 ill：ミドリノエバ

〈四六判ソフトカバー〉

ごとうしのぶ

「ぼくたちは、本に巣喰う悪魔と恋をする」
「喋らぬ本と、喋りすぎる絵画の麗人」
「ぼくたちは、優しい魔物に抱かれて眠る」
「ぼくたちの愛する悪魔と不滅の庭」 ill：笠井あゆみ

松岡なつき

「王と夜啼鳥《ナイチンゲール》 FLESH&BLOOD外伝」 ill：彩

アンソロジー

「キャラ文庫アンソロジーⅠ 琥珀」
「キャラ文庫アンソロジーⅡ 翡翠」
「キャラ文庫アンソロジーⅢ 瑠璃」 ill：円陣闇丸

〈2021年8月27日現在〉

投稿小説 大募集

『楽しい』『感動的な』『心に残る』『新しい』小説――
みなさんが本当に読みたいと思っているのは、
どんな物語ですか？
みずみずしい感覚の小説をお待ちしています！

応募のきまり

応募資格

商業誌に未発表のオリジナル作品であれば、制限はありません。他社でデビューしている方でもOKです。

枚数／書式

20字×20行で50～300枚程度。手書きは不可です。原稿は全て縦書きにしてください。また、800字前後の粗筋紹介をつけてください。

注意

❶原稿はクリップなどで右上を綴じ、各ページに通し番号を入れてください。また、次の事柄を1枚目に明記して下さい。
（作品タイトル、総枚数、投稿日、ペンネーム、本名、住所、電話番号、職業・学校名、年齢、投稿・受賞歴）

❷原稿は返却しませんので、必要な方はコピーをとってください。

❸締め切りは特別に定めません。採用の方にのみ、原稿到着から3ヶ月以内に編集部から連絡させていただきます。また、有望な方には編集部からの講評をお送りします。（返信用切手は不要です）

❹選考についての電話でのお問い合わせは受け付けできませんので、ご遠慮ください。

❺ご記入いただいた個人情報は、当企画の目的以外での利用はいたしません。

あて先

〒141-8202　東京都品川区上大崎3-1-1
徳間書店　Chara編集部　投稿小説係

投稿イラスト 大募集

キャラ文庫を読んでイメージが浮かんだシーンを、
イラストにしてお送り下さい。
キャラ文庫、『Chara』『Chara Selection』『小説Chara』などで
活躍してみませんか？

応募のきまり

応募資格

応募資格はいっさい問いません。マンガ家＆イラストレーターとしてデビューしている方でもOKです。

枚数／内容

❶イラストの対象となる小説は『キャラ文庫』及び『Chara、Chara Selection、小説Charaにこれまで掲載された小説』に限ります。
❷カラーイラスト1点、モノクロイラスト3点の合計4点をお送りください。カラーは作品全体のイメージを、モノクロは背景やキャラクターの動きのわかるシーンを選ぶこと(裏にそのシーンのページ数を明記)。
❸用紙サイズはA4以内。使用画材は自由。データ原稿の際は、プリントアウトしたものをお送りください。

注意

❶カラーイラストの裏に、次の内容を明記してください。
(小説タイトル、投稿日、ペンネーム、本名、住所、電話番号、職業・学校名、年齢、投稿・受賞歴、返却の要・不要)
❷原稿返却希望の方は、切手を貼った返却用封筒を同封してください。封筒のない原稿は編集部で処分します。返却は応募から1ヶ月前後。
❸締め切りは特別に定めません。採用の方にのみ、編集部から連絡させていただきます。また、有望な方には編集部から講評をお送りします。選考結果の電話でのお問い合わせはご遠慮ください。
❹ご記入いただいた個人情報は、当企画の目的以外での利用はいたしません。

あて先

〒141-8202　東京都品川区上大崎3-1-1
徳間書店　Chara編集部　投稿イラスト係